AF740986

www.ingramcontent.com/pod-product-compliance
Lightning Source LLC
LaVergne TN
LVHW050430061026
849532LV00008BB/2933
* 9 7 8 9 3 6 9 0 8 8 6 8 3 *

پرانی تصویر نئے رنگ

(افسانے)

دیوندر اِسّر

Purani tasveer Naye rang *(Short Stories)*
by: Devendra Issar
Edition: June '2025
Publisher :
Taemeer Publications LLC (Michigan, USA / Hyderabad, India)

ISBN 978-93-6908-868-3

کتاب	:	**پرانی تصویر نئے رنگ** (افسانے)
مصنف	:	**دیوندر اِسّر**
صنف	:	فکشن
ناشر	:	تعمیر پبلی کیشنز (حیدرآباد، انڈیا)
سالِ اشاعت	:	۲۰۲۵ء
صفحات	:	۷۴
سرورق ڈیزائن	:	تعمیر ویب ڈیزائن

فہرست

(۱)	ریت اور سمندر	6
(۲)	ہم شہر بدل گئے	14
(۳)	مردہ گھر	23
(۴)	بجلی کا کھمبا	35
(۵)	سیاہ تل	44
(۶)	کالے گلاب کی صلیب	51
(۷)	پرانی تصویر نئے رنگ	62

ریت اور سمندر

اس روز اچانک میری ملاقات پریش سے ہو گئی۔ پورے پانچ برسوں بعد وہ مجھے مرینا بیچ پر مل گیا۔ وہ سمندر کے کنارے کھڑا دور سے آئے ہوئے کسی جہاز کو دیکھ رہا تھا۔ پریش کو دیکھ کر نہ جانے کیوں مجھے محسوس ہوتا ہے کہ برسوں بعد میں اپنے سے ملاقات کر رہا ہوں۔ ورنہ ہر روز دوسرے لوگوں کے قصے، دوسرے دیشوں کی باتیں، ارد گرد پھیلی ہوئی زندگی کی خبریں لکھ کر مجھے ایسا احساس ہونے لگا۔ جیسے میری کوئی ہستی نہیں میں محض ایک کیمرہ ہوں جو ہر لمحہ ہر چیز کی تصویر اتار رہا ہے جو اس کے سامنے آ گئی ہے۔ اور انہیں الفاظ کی صورت میں اخبار کے صفحوں پر کولتار کی طرح انڈیل رہا ہے۔ دوسرے روز ہی وہ تصویریں اتنی پرانی اتنی دھندلی پڑ جاتی ہیں جیسے برسوں پرانے کسی چہرے کی تصویریں ہوں۔ کرم خوردہ، ماضی کی دھول سے اٹا چہرہ بے نام، بے جان، بے حس۔

پریش سے میری ملاقات اچانک ہوئی تھی۔ میں دلی کی جلا دینے والی گرمی اور بے مصرف ہماہمی سے بھاگ کر نینی تال گیا ہوا تھا۔ مجھے کسی ہوٹل میں جگہ نہیں ملی۔ مجبوراً کسی دوسرے کے ساتھ ایک ہی کمرے میں رہنا پڑا اور یہ کوئی دوسرا پریش تھا جو دھیرے دھیرے میری زندگی کی پر مسرت یاد بن گیا۔ لیکن اس کے ساتھ گھومنے کا اتفاق مجھے

بہت کم ہوا۔ کیونکہ وہ عام طور پر کمرے میں ہی بیٹھا رہتا اور پڑھتا رہتا یا تنہا شطرنج کھیلا کرتا۔

ایک روز میں نے پریش کو دعوت نامہ دیا۔ یاٹ کلب میں ناچ کا خاص پروگرام تھا۔ میں نے اس سے چلنے کے لیے کہا لیکن اس کا وہی جواب تھا، فرصت نہیں۔ "وہاں کتنے لوگ ہوں گے۔ رنگ برنگ لباسوں میں شوخ وشنگ لڑکیاں نوجوان، خوبصورت"۔ میں نے کہا۔

"پروگرام تو بڑا شاندار ہے۔ لیکن مجھے یہ کتاب ختم کرنی ہے، موڈ بنا ہوا ہے"۔ پریش نے جواب دیا۔ اور پھر کتاب پڑھنے میں مشغول ہو گیا۔ حالانکہ جس لڑکی سے پریش کو متعارف کرانے کی دعوت دی تھی۔ اس کی اک نگاہ کے لیے لوگ ترستے تھے۔ میں نے اس کے حسن کا بڑا شاعرانہ تذکرہ کیا اور کہا کہ اس کی بانہوں میں آدمی یوں محسوس کرتا ہے جیسے قوس قزح پر جھول رہا ہے۔ لیکن اس کا جواب وہی تھا کہ آج اس کتاب کو ختم کرنا ضروری ہے۔ یہ کتاب میرے رگ وپے میں سرایت کر رہی ہے اور میں اس لذت سے محروم نہیں رہنا چاہتا۔

میں اکیلے ہی یاٹ کلب چلا گیا۔ نندنی میرا انتظار کر رہی ہو گی۔ سنہرے کٹے بالوں اور گہری بلوری آنکھوں والی لڑکی کا نام نندنی تھا۔ لانبا قد، چھریرا بدن، ہلکا سنولایا گورا رنگ۔ جب وہ پاس سے گذر جاتے تو محسوس ہوتا کہ سرخ گلاب کی پنکھڑی جسم کو چھو کر نکل گئی ہے۔ نینی تال میں نندنی کی پرکشش شخصیت کا چرچا ہر جگہ تھا۔ فلیٹس میں، کافی بار میں، یاٹ کلب میں، مال پر، جھیل کے کنارے، ریستورانوں میں، جہاں آدمی ملتے تھے نندنی کے حسن کا ذکر ناگزیر تھا۔ فلیٹس پر تو لوگ نندنی کے انتظار میں اس طرح کھڑے ہو جاتے تھے۔ جیسے گرمی کے دنوں میں جھلسے ہوئے بدن ہوا کے ایک جھونکے

کی تمنا میں ہوں اور نندنی ٹوٹتے ستارے کی نظر ڈالتی پھول سے قدموں سے آگے بڑھ جاتی۔

جب میں یاٹ کلب پہنچا تو بجلی کی سب روشنیاں جل چکی تھیں۔ تیز مگر نرم روشنیوں میں مرد اور عورتیں خوش گپیاں کر رہے تھے۔ چم چم کرتی ہوئی زندگی میں رنگ اور خوشبو کی لہریں اڑ رہی تھیں۔۔۔ دو چار جوڑے کسی کارنر میں یا صوفے پر نیم روشنی میں سرگوشیاں کر رہے تھے۔ موسیقی شروع ہو چکی تھی۔ ہلکے آسمانی رنگ کی ساری پہنے سفید موتیوں کے چمکتے ہوئے ٹاپس لگائے نندنی ہال میں گھوم رہی تھی۔ جب ناچ شروع ہوا تو وہ میرے قریب آ گئی۔ اس کے قدم آرکسٹرا کی لہروں پر تھرکنے لگے۔

ناچ ختم ہونے کے بعد ہم باہر آ گئے۔ وہ میرے ساتھ ساتھ میرے ہوٹل تک آئی۔ راستے بھر ہم خاموش رہے۔ باہر ہوا سرد تھی اور چاند ابھی پوری طرح نمودار نہیں ہوا تھا۔ کبھی کبھی کوئی آدمی سایہ سا گذر جاتا تھا۔ جب ہم ہوٹل پہنچے تو پریش کرسی پر بیٹھا کتاب پڑھ رہا تھا۔ اس نے ہماری طرف دیکھا اور آنکھوں ہی آنکھوں میں ہمارا سواگت کیا اور پھر کتاب پڑھنے میں مشغول ہو گیا۔ میں نے پریش کا تعارف نندنی سے کرایا "مسٹر پریش زندگی میں کچھ اس تیز رفتاری سے چلے ہیں کہ پہیہ ڈھری سے اتر گیا اور اب مسلسل گھوم رہا ہے۔ بے سمت بے منزل، بے ارادہ"۔

"شاید کبھی کوئی منزل مل جائے"۔ نندنی نے کہا۔

"شاید۔۔۔" میں نے کہا۔

"کون سی کتاب پڑھ رہے ہیں"۔ نندنی نے پوچھا۔

"ہرمین ہیس کے سدھارتھ" پریش بولا۔

پھر نہ جانے کس بات پر پریش اور نندنی کی بحث شروع ہو گئی۔ پریش نے کسی

کتاب کا حوالہ دیا اور نندنی نے فوراً جواب دیا۔

"مسٹر پریش زندگی کا مطالعہ کسی دوسرے کی کتاب سے نہیں ہو سکتا"۔

"ہر عظیم کتاب زندگی کے دائرے کو وسیع کرتی ہے، گہرا کرتی ہے، نئے معنی دیتی ہے"۔ پریش نے کہا۔

"یہ سب بے عمل، شکست خوردہ ذہن کی دلیلیں ہیں"۔ نندنی اب جوش میں بول رہی تھی۔

"ہلکے نیم روشن کمروں میں سرگوشیاں کرتے ہوئے، رقص کرتے ہوئے کودتے ہوئے جسم کا لمس محسوس کرتے ہوئے اور لمحہ بہ لمحہ ایک دوسرے میں مدغم ہوتے ہوئے تجربے کے سوا زندگی میں اور کچھ اہم نہیں سمے میں ڈوبے ہوئے مدہوش جواں پیکروں کا لذت سے ٹوٹ جانا ہی حقیقت ہے زندگی کی۔۔۔ اور جو لوگ اس لذت سے محروم ہو جاتے ہیں یا اس قابل نہیں ہوتے۔ وہ کتاب کی مصنوعی زندگی میں پناہ ڈھونڈتے ہیں اور سمجھتے ہیں کہ انہیں روشنی مل گئی ہے"۔ نندنی کا پورا وجود بول رہا تھا۔

پریش نے سگریٹ سلگائی اور پھر دھیرے سے بولا۔

"ہر ذی حس آدمی زندگی سے کتاب کی طرف آتا ہے اور پھر کتاب سے زندگی کی طرف۔ یہ مسلسل عمل ہے۔ شخصیت کی تکمیل کا، اس کی وسعت کا"۔

"میں نے کافی بنائی اور پھر ہم سب کافی پینے لگے۔ اس دوران میں کوئی بات نہیں ہوئی۔ جب نندنی واپس جانے لگی تو پریش بولا۔ "اگر جلدی نہ ہو تو تھوڑی دیر باہر گھاس پر بیٹھ جایئے۔ وعدہ ہے کہ بحث نہیں ہوگی نہ کتاب پر اور نہ زندگی پر"۔ اس نے نندنی کی طرف دیکھا اور مسکرا دیا۔

ہم باہر لان پر بیٹھ گئے۔ ہری ہری گھاس پر ابھی بھی اوس پڑنا شروع ہوئی تھی۔ چیڑ

کے درختوں سے چاندنی لپٹ رہی تھی۔ آسمان بہت گہرا نیلا تھا اور ستارے روشن تھے۔ سفید چاندنی کے جھلملاتے ٹکڑوں سے، سامنے جھیل میں ایک شہر بس رہا تھا۔ ایک اجنبی شہر کی پرچھائیاں، اندھیروں، روشنیوں، کھمبوں، کشتیوں، آدمیوں، سایوں سمیت مکمل شہر، چاروں طرف مکمل سناٹا تھا۔ جیسے ساری چہل پہل کی زندگی کسی غار میں سرک گئی ہو۔ دور پہاڑ گم سم دیوار سے کٹھہرے تھے اور سرد ہوا پیڑوں کو چیرتی ہوئی ہماری جسموں کو ہلور رہی تھی۔ اس سنسان پر سکون سناٹے میں جیسے ہم بہت نرم ہو گئے تھے۔ بہت ہلکے پرندوں کی طرح اور پھر ہم اس گہرے سناٹے میں جذب ہو گئے۔۔ اچانک پریش بولا "ہوا سرد ہونے لگی ہے چلا جائے"۔

ہم جیسے کسی خواب سے چونک پڑے اور ایک دوسرے کی طرف حیرت سے دیکھنے لگے کہ یہ آواز کہاں سے آئی ہے ہم سب اٹھ بیٹھے۔ میں نندنی کو چھوڑنے دور تک اس کے ساتھ گیا۔

جب میں واپس آیا تو پریش سو چکا تھا۔ اس کے ہاتھ میں بند کتاب تھی۔ دوسرے روز سے دلی واپس جانا تھا اور وہ اپنا سامان پیک کرنے میں مشغول رہا۔ میرا پروگرام چائنا پیک جانے کا تھا۔ اس لیے صبح صبح ہی روانہ ہو گیا اور جب واپس آیا تو پریش جا چکا تھا۔

میں نندنی سے ملنے اس کے ہوٹل گیا۔ میں نے دستک دی۔ لیکن کوئی جواب نہیں ملا۔ دروازہ نیم وا تھا۔ میں اندر داخل ہوا۔ وہ کمرے میں نہیں ملی۔ کمرہ بالکل خالی تھا۔ میں نے ہوٹل کے منیجر سے پوچھا۔ اس نے بتایا کہ وہ نینی تال سے چلی گئی ہے اور پھر دھیرے سے بولا جیسے کوئی راز کی بات کہہ رہا ہو۔ رات بھر وہ باہر لان پر سرد چاندنی میں بیٹھی رہی۔ ایک شال اوڑھے ہوئے صبح اس نے بیرے سے چائے منگوائی اور سامان پیک کروایا اور کچھ کہے بغیر چلی گئی۔

میں واپس اپنے ہوٹل آ گیا۔ نندنی اتنی جلدی کیوں چلی گئی۔ اس کا اتنی جلدی جانے کا کوئی پروگرام نہیں تھا۔ نندنی کے بغیر شام میں کتنی اداس ہوں گی۔ پریش بھی جا چکا تھا۔ مجھے شدید تنہائی کا احساس ہوا میرے ذہن میں پریش کی کئی تصویریں ابھر رہی تھیں ہری ہری گھاس پر بیٹھے ہوئے درختوں پر کھلتے ہوئے پھول دیکھتے ہوئے پرندوں کا گیت سنتے ہوئے، پہاڑیوں کی چوٹیوں پر برف پر پھسلتی کرنوں کا ناچ دیکھتے ہوئے، گرتے ہوئے پانی کا سنگیت سنتے ہوئے جھیل کے کنارے پانی میں تیرتے چاند ستاروں کے دیئے جلتے ہوئے دیکھتے ہوئے، آرام کرسی پر نیم دراز کتاب پڑھتے ہوئے، کسی تصویر کے سامنے گم سم کھڑے ہوئے چاندنی رات میں تنہا بھیگتے ہوئے، چائے پیتے پیتے بحث کرتے ہوئے، کتنی یادیں وابستہ تھیں ان سے۔ آج اچانک اسے دیکھ کر میں فرط خوشی سے اچھل پڑا اور اس سے لپٹ گیا۔

"پریش"۔ میں چلایا۔

"ہیلو ڈیئر تم یہاں کیسے"۔ اس نے پوچھا۔

میں نے بتایا کہ ایک کانفرنس کے سلسلے میں آیا ہوں۔ پھر ہم سمندر کے کنارے بیٹھے بڑی دیر تک باتیں کرتے رہے۔

ہمارے سامنے دور دور تک سمندر پھیلا ہوا تھا۔ اس کا گہر نیلا رنگ سیاہی مائل ہو رہا تھا۔ اس کے دوسرے کنارے پر لہریں آسمان کو چھو رہی تھی۔ لہریں چاندنی کی دیوار سی اٹھ کر کنارے پر آ کر پھیل جاتیں اور پھر واپس لوٹ جائیں۔ کنارے کی ریت بار بار بھیگ جاتی۔ بائیں طرف سمندر میں ایک جہاز لنگر ڈالے کھڑا تھا۔ اکیلا کسی خیال میں ڈوبا ہوا۔ شام کے دھندلکے میں جہاز کی روشنیاں جھلملانے لگیں۔ سمندر میں جیسے روشنی کے جزیرے ابھر آئے ہوں اور ہم باتیں کر رہے تھے۔ بیتے ہوئے پانچ برسوں کی باتوں

باتوں میں نندنی کا ذکر آگیا۔

"معلوم نہیں آج کل نندنی کہاں ہے۔ تمہارے چلے جانے کے بعد وہ اسی روز اچانک نینی تال چھوڑ کر چلی گئی"۔ میں نے کہا۔

"الہٰ آباد میں ہے۔ سنا ہے کوئی کتاب لکھ رہی ہے"۔ پریش نے بتایا۔

"کتاب"۔ میں چونکا۔ "نندنی اور کتاب۔ کتاب تو اس کے کمرے میں محض ایک ڈیکوریشن پیس کے سوا کچھ نہیں"۔ میں نے کہا۔

"ہر آدمی کو زندگی میں ایک ایسا لمحہ آتا ہے۔ جب اس کی ساری زندگی ایک کتاب بن جاتی ہے۔ اگر وہ اس لمحے کو گرفت میں لے آئے تو آرٹسٹ بن جاتا ہے اور اگر کھودے تو ہجوم میں ایک چہرہ۔ جو کسی دوسرے چہرے سے مختلف نہیں ہوتا"۔

پریش نے کہا۔

"کیا نندنی سے تمہاری ملاقات ہوئی ہے"۔ میں نے پوچھا۔

پریش نے جیب سے ایک کتاب نکالی جس کی پشت پر لکھا تھا۔

If i stepped out of my body, I would breaks into .blossom

نیچے نندنی کا نام لکھا تھا۔ پریش کے لیے۔

مجھے پریش اور نندنی کی بحث یاد آرہی تھی اور پھر وہ رات جب ہم چاندنی میں باہر گھاس پر خاموش بیٹھے بڑی دیر تک اوس میں بھیگتے رہے۔

"پریش ایک بات پوچھوں"۔ میں نے کہا "نندنی سے تمہارا رشتہ کیا ہے؟"

"رشتہ" پریش زور سے ہنسا۔ "اسے سمجھنے کے لیے ہی تو وہ کتاب لکھ رہی ہے اور میں سمندر کے کنارے کھڑا اس کی گہرائی اور وسعت کا اندازہ لہروں کے مدوجزر سے

لگانے کی کوشش کر رہا ہوں"۔

میں نے سمندر کی جانب دیکھا اور پھر پریش کی طرف۔۔۔ دور دو آدمی ایک کشتی کو کنارے پر لا رہے تھے۔ سائے کی طرح کشتی لہروں کی سطح پر کبھی ابھرتی اور کبھی ڈوب جاتی۔

اور کنارے کی ریت بار بار بھیگ رہی تھی۔

***

ہم شہر بدل گئے

کافی ہاؤس میں کوئی میز خالی نہیں تھی۔ میں واپس جانے لگا کہ منوج نے اشارہ کیا۔ سامنے کھڑکی کے قریب منوج اور اس کے دوست کافی پی رہے تھے۔ منوج نے میرے سامنے کرسی سرکاتے ہوئے کہا، "نشا سے ملو"

"ہاؤڈیوڈو۔"

"ہاؤڈیوڈو۔"

"مسٹر جگ دیپ۔۔۔" منوج نے جگ دیپ کی طرف اشارہ کرتے ہوئے کہا۔

"اور رمن۔۔۔" یہ میرا نام تھا۔

منوج نے سب کے لیے کافی منگوائی۔ جگ دیپ یونیورسٹی میں "ڈان جون" مشہور تھا اور نشا اپنے گورے چٹے رنگ اور لمبی سیاہ زلفوں کے باعث "اے پلس" سمجھی جاتی تھی۔ لیکن سرگوشیوں میں شالنی کے چرچے بھی ہوتے تھے۔ منوج کا خیال تھا کہ جس راہ سے نشا گزر جائے آنچ محسوس ہوتی ہے اور جس موڑ سے شالنی گزرتی ہے مہک آتی ہے۔ شالنی تو خیر کسی کو لفٹ نہیں دیتی تھی لیکن نشا کے گرد عام طور پر لڑکے بھونراتے رہتے تھے۔

"رمن صاحب بڑے انٹی لیکچول ہیں۔ مارکس فرائیڈ، ژونگ، آئن سٹائین، نہ جانے کیسے کیسے لوگ ان کے دوست ہیں" منوج نے کہا۔

"اول۔۔۔" نشانے کہا جیسے میں کسی مصیبت میں گرفتار ہو گیا ہوں۔

"اور اب کچھ کچھ ستھت پر گیہ ہوتے جا رہے ہیں۔ ایک جیب میں بھگوت گیتا رکھتے ہیں اور دوسرے میں سلفے کی چلم۔" منوج نے پھر کہا۔

"ستھت پر گیہ۔۔۔ یہ کیا بلا ہوتی ہے۔" جگ دیپ نے پوچھا۔

"آپ نے بھگوت گیتا نہیں پڑھی؟" منوج نے سوال کیا۔

"ہم تو خاش کو گیتا سمجھتے رہے ہیں۔" جگ دیپ نے کہا اور سب کھکھلا کر ہنس پڑے اور میں نے محسوس کیا کہ چند لمحوں میں ہی میرے خلاف "اینی مس" کا ماحول تیار ہو گیا ہے۔

"مس نشا، آپ کا نام آپ کے رنگ و روپ کے خلاف ہے۔ اگر آپ کو رات سے اتنا ہی پیار ہے تو رجنی گندھا جیسا کوئی نام رکھ لیتیں۔" میں نے وار کیا۔

"یعنی، جیسے رات کی رانی۔۔۔ کیوں رمن صاحب؟" جگ دیپ نے کہا۔

منوج نے ماحول میں زہر اڑانے کی کیفیت کو محسوس کیا اور فوراً بولا، "ان کا اصلی نام نشی ہے۔ لیکن اب یہ بڑا کامن ہو گیا ہے۔ نشی میں جادو تھا۔ اور اب نشا میں نشہ ہے۔" الفاظ اپنا جادو کر گئے۔ ریگل میں کیا چینج ہوا ہے۔ نشانے بھی موضوع گفتگو بدلنے کی کوشش کی۔

"پرپل پلیسین گریگری پیک اور۔۔۔"

"آئی ڈائی فار پیک۔۔۔" نشانے ہونٹوں کا دائرہ بناتے ہوئے کہا۔

"جب وہ انڈیا آیا تھا تو ثریا سے اس کا افیر (AFFAIR) ہو گیا تھا۔"

"کیوں نہ ہو۔ یہ امریکی تو ہندوستان کے حسن پر مرمٹتے ہیں۔" منوج نے کہا۔

"ارے امریکیوں کی خوب کہی، وہ تو ہر چیز پر مرمٹتے ہیں۔ مارلن منرو سے لے کر

زین بدھ ازم پر۔۔۔" میں نے کہا۔

"سنا ہے ثریا پھر فلموں میں آ رہی ہے۔" نشا نے کہا۔

"ارے بچہ تو بی بی کے بھی ہوا ہے۔" منوج نے کہا۔

"واقعی؟" نشا نے چونکتے ہوئے کہا۔

"کتنے نمبر کی شادی سے؟"

"وہ بے چاری تو اپنے گھر سے بھی نہیں نکل سکتی۔ تازہ ہوا کے لیے چھت پر نہیں جا سکتی۔ ہر وقت مکان کے دروازے، کھڑکیاں بند رکھنے پڑتے ہیں۔" منوج نے کہا۔

"کیوں؟" شالنی نے پوچھا۔

"جس طرف دیکھو، فوٹو گرافر خفیہ کیمرے لیے اس کی تصویر لینے کے لیے تیار بیٹھے ہیں۔ حوا کے لباس سے لے کر ڈاؤر کے لباس تک میں۔ اس نے نیند آور گولیوں سے خودکشی کی بھی کوشش کی تھی۔"

"چ چ۔ پوور بی۔۔۔" نشا نے کہا۔

"ورنہ مارلن منرو بننے میں کیا کسر تھی۔"

"سوائے اس کے کہ اس کو آرتھر ملر جیسا خاوند نہیں ملا۔" میں نے کہا۔

"مجھے تو اس پر ترس آتا ہے۔ تم نے اینڈ گاڈ کریئٹڈ وومن دیکھی ہے؟" جگدیپ نے کہا۔

"گاڈ۔ اسے تو شیطان نے پیدا کیا ہے۔۔۔" منوج نے کہا۔

"کیوں۔۔۔ رمن صاحب سنا ہے خدا مر گیا ہے۔ وہ آپ کیا کہا کرتے تھے، خدا کا جنازہ لیے جا رہے ہیں فرشتے۔۔۔"

"اعلان تو ہو چکا ہے لیکن مصنوعی تنفس جاری ہے۔" میں نے کہا۔

"اب تو انسان کی موت کا بھی اعلان ہو چکا ہے۔ بد بخت اس کا گواہ ہے۔"

"اطلاعاً عرض ہو جگ دیپ صاحب، اب لولٹیا پر بھی فلم بن چکی ہے۔ پروڈیوسرز چاہتے تھے کہ لولٹیا کا پارٹ اس لڑکی کو دیا جائے جو ذہنی طور پر بھی لوٹیا ہو۔" میں نے جگدیپ کو مخاطب کرتے ہوئے کہا۔

"اور جسمانی طور پر بھی۔" منوج نے کہا، "امریکہ میں ایسی سیکڑوں لولٹیائیں ہیں۔"

"آٹھ سوماؤں نے اپنی لڑکیاں اس رول کے لیے پیش کی تھیں۔ بھائی ایک خبر یہ بھی ہے۔"

"یہاں تک کہ ایرول فلائین نے بھی۔۔۔"

"سنا ہے سوئٹ پون کو اس کے لیے چنا گیا ہے۔"

"سوئٹ پون۔۔۔ کتنا رومانٹک نام ہے۔" نشا نے کہا۔

"مشکل سے پندرہ سال کی ہو گی۔"

"تم نے لولٹیا پڑھی ہے؟" میں نے پوچھا۔

نشا ہونٹ سکیڑ کر رہ گئی۔

"اور جناب آپ نے؟"

"کوشش کی تھی۔ بڑی بور کتاب ہے۔" جگ دیپ نے کہا۔

"اور کم بخت انگریزی میں لکھی ہوئی تھی اور وہ بھی خوبصورت انگریزی میں۔۔۔" منوج نے کہا۔

"انگر ڈبر گمسین بیسٹ سیلر باؤ گرانی پڑھو یا پیری مسین۔۔۔"

شالنی خاموش بیٹھی کافی پی رہی تھی۔

"آپ کو فلموں میں دلچسپی نہیں۔۔۔؟" میں نے پوچھا۔

"میری انفارمیشن اتنی زیادہ نہیں۔" اس نے ہونٹوں کو ہلکی سی حرکت دیتے ہوئے کہا۔

کلاس کا وقت ہو چکا تھا۔ سب اٹھ کر چلے گئے۔

"مسٹر رمن بل کے پیسے۔" نشا نے کہا۔

میں رک گیا۔ منوج میری طرف دیکھنے لگا۔ وہ شاید سمجھ گیا کہ میرا ردعمل کیا ہوگا۔

"مس نشا تمہاری عمر کیا ہے؟ ویسے لڑکیوں کی عمر پوچھنا ایٹی کیٹ کے خلاف ہے؟" میں نے کہا۔

"کیوں۔ اٹھارہ سال؟" اس نے کہا۔

"اور میری عمر چوبیس سال ہے۔" میں نے کہا۔

"کیا مطلب؟" اس نے آفنس محسوس کرتے ہوئے کہا۔

"مادام نشا۔ مطلب یہ ہے کہ جب میں اٹھارہ سال کا تھا تو لڑکیوں کے بل ادا کر دیا کرتا تھا۔"

"اور اب۔۔۔" شالنی نے پوچھا۔

"اب تو جناب ذاتی جائیداد اور پیسے کے نظام کے خلاف ہیں۔" منوج نے ہنستے ہوئے کہا۔

"تم سمجھتے ہو تم بڑے خوبصورت ہو۔ پرنس چارمنگ۔۔۔" نشا نے غصے سے کہا اور اپنا پرس کھولا۔

منوج صرف اپنا بل ادا کرتا تھا، جگ دیپ صرف لڑکیوں کے بل کے پیسے دیتا تھا۔ اور نشا کا رجحان تھا مفت کافی۔۔۔ شالنی کو اس سے کوئی سروکار نہیں تھا۔

"معلوم نہیں یہ وحشی گنوار شہروں میں کہاں سے نازل ہو جاتے ہیں۔" نشا نے

بڑبڑاتے ہوئے کہا اور جگ دیپ کے ساتھ کلاس میں چلی گئی۔ منوج اور شالنی لائبریری کی طرف روانہ ہوگئے۔ میں کافی ہاؤس سے باہر نکل کر برآمدے میں گیا۔ میں نے سگریٹ سلگانے کے لیے دیا سلائی جلائی۔ مجھے ایسا محسوس ہوا کہ میرے پیچھے ہولے سے آکر کوئی کھڑا ہوگیا ہے اور میرے شانے پر جھک گیا ہے۔ چھایا، سانس، مہک، سرسراہٹ کا جھونکا سا آیا۔ میں نے پیچھے مڑ کر دیکھا۔

"شالنی۔۔۔" شاید پہلی بار میں نے شالنی کو اپنے اتنے قریب مہکتے ہوئے محسوس کیا تھا۔ حالانکہ مجھے ہمیشہ یہ احساس ہوتا رہا ہے کہ شالنی کی نگاہیں کچھ تلاش کر رہی ہیں۔ اب پرم گیان حاصل کر کے میرے سامنے جھلملانے لگی ہیں۔

"تمہاری عمر کتنی ہے رمن؟" اس نے بڑی سنجیدگی سے پوچھا۔

"چوبیس سال۔" میں نے کہا۔

"اور میری بیس سال ہے۔" یہ کہہ کر وہ زور سے ہنسی۔ یہ لڑکی اس طرح کھل کر ہنس بھی سکتی ہے۔

وہ میرے ساتھ ساتھ برآمدے سے اتر کر لان میں آگئی۔ بیٹ سے باہر نکل کر سڑک کے کنارے ہم دھیرے دھیرے چلنے لگے۔ ہمارے پیچھے سورج غروب ہو رہا تھا اور ہمارے سامنے سایے لمبے ہوتے جا رہے تھے۔ بس اسٹاپ پر شالنی رک گئی۔

"کتنی سردی ہے!" اس نے کہا۔

میں خاموش تھا۔

"تم نے سویٹر وغیرہ کچھ نہیں پہنا۔"

"نہیں۔"

"تم اپنی پروا نہیں کرتے، بیمار پڑ جاؤ گے۔"

"مجھے بیمار پڑنے کی فرصت نہیں؟" میں نے کہا۔

"آپ شاید الہ آباد میں تھے۔" اس نے اچانک کہا۔

"اگر میں غلطی نہیں کرتا تو آپ۔۔۔" میرا اندازہ درست تھا۔

"آپ کے فادر آج کل کیا کر رہے ہیں؟" میں نے پوچھا۔

"وہ ریٹائرڈ زندگی بسر کر رہے ہیں۔ اولڈ مین لونلی نیس۔ دن بھر اسرار لندن پڑھتے ہیں اور رات بھر شراب پیتے ہیں۔ اور اکیلے بیٹھ کر تاش کھیلتے ہیں۔"

"کیا اب بھی وہ۔۔۔ ہر رات کو قبرستان جانے کی رسم پوری کرتے ہیں۔" میں نے پوچھا۔

"نہیں اب سرسوتی کی ایک سولہ سال کی سوت آگئی ہے اور وہ گھر میں بری طرح الجھ گئی ہے۔"

"میرا مطلب یہ نہیں تھا۔۔۔" میں نے کچھ پریشانی محسوس کی۔ شالنی مسکرادی۔ میں نے موضوع بدلتے ہوئے پوچھا، "وہ ایک بوڑھا تھا۔ کیا نام تھا اس کا؟" میں نے پوچھا۔

"فضل دین۔"

"کیا ابھی زندہ ہے؟"

"ہاں ہم سے زیادہ۔" شالنی نے کہا، "اب ہماری گلی میں بجلی کی روشنی آگئی ہے۔ لیکن وہ اسی طرح لگاتار ہر شام اندھیرا ہوتے ہی اپنی بانس کی سیڑھی اٹھائے آتا ہے اور لیمپ کی جگہ پر مٹی کا دیا جلا کر چلا جاتا ہے۔"

"اور کلمہ بھی پڑھتا ہے، بلند آواز میں۔"

"ہاں۔"

"بوڑھا کچھ سنکی تھا۔" میں نے کہا۔

شالنی نے میری طرف غور سے دیکھا، جیسے وہ مجھے پہچاننے کی کوشش کر رہی ہے کہ کیا میں وہی آدمی ہوں جسے اس نے الہ آباد کی اس گلی میں دیکھا تھا اور مجھے ایسا محسوس ہوا جیسے میں نے کچھ کھو دیا ہے۔

"تمہیں معلوم ہے کہ اس بوڑھے سنکی کا لڑکا پاکستان چلا گیا ہے اور وہ ایک بار اسے لینے بھی آیا لیکن اس سنکی نے جانے سے انکار کر دیا۔ کہتا تھا کہ گنگا جمنی کو چھوڑ کر مجھے دوسرے وطن لے جانا چاہتے ہو۔"

شالنی تھوڑی دیر خاموش رہی۔

"ہر شام روشنی بلانا سوائے سنک کے ممکن نہیں دوست اور اس سنک کے لیے فلسفے کی ضرورت نہیں پڑتی اور شاید بھگوت گیتا کی بھی نہیں۔۔۔"

"اور وہ سانولی لڑکی۔ چھیریرے بدن والی۔ کیا وہ اب بھی آتی ہے؟" میں نے کہا۔

"کون سانولی لڑکی؟" اس نے حیرت سے پوچھا۔

"وہ پھول والی سفید ساڑی پہنے، معصوم چہرہ، غمگین صورت۔"

شالنی پھر کھکھلا کر ہنس پڑی۔

"میں نے اسے کبھی نہیں دیکھا۔۔۔" اور پھر میری آنکھوں میں جھانک کر بولی، "تمہارے تصور کی گلی میں وہ ہر دن گزرتی ہے۔"

میں اداس ہو گیا۔ میرے ذہن میں اس اندھیری گلی سے وہ لڑکی اب بھی گزر رہی تھی۔

"آج کل آپ کیا کر رہے ہیں؟" شالنی نے مجھے چونکا دیا۔

"جسم اور جیب کی ایکویشن سمجھنے کی کوشش کر رہا ہوں۔"

"اور کام؟"

"کام مجھے کوئی راس نہیں آیا، یا شاید میں کسی کام کو راس نہیں آیا۔ لوگ اس حالت کو نمیس فٹ کہتے ہیں۔"

"تو پھر آپ لوگوں کو قتل کر دیں یا خود کشی کر لیں۔ اس سرد جنگ سے کیا حاصل؟" شالنی نے کہا۔

"اس کی کیا ضرورت ہے؟ موت جسم اور روح کے رشتے کے ٹوٹنے کا نام ہے اور یہ رشتہ ٹوٹ چکا ہے، قریب قریب ہر انسان میں۔"

سامنے سے بس آتی نظر آئی۔ شالنی نے اپنا شال جسم کے گرد لپیٹ لیا اور دوڑ کر بس کے ہجوم میں شامل ہو گئی۔ میں اسٹاپ پر کھڑا دور تک بس کو جاتے دیکھتا رہا۔ وہ بیک سیٹ سے شیشے میں سے جھانک رہی تھی۔ موڑ پر مڑتے اس نے ہلکے سے ہاتھ ہلایا اور بس اگلے موڑ پر غائب ہو گئی۔

میں چپ چاپ پلیا پر بیٹھ گیا۔ اندھیرا اور گہرا ہونے لگا۔ میں نے اپنی مقدس کتاب نکالی لیکن سب الفاظ مدہم پڑ چکے تھے اور جب کتاب کو روشنی نہ ملی تو پھر سلفے کی لاٹ کی روشنی ہی سہی۔ اور پھر میں نے دیکھا اس اندھیری سڑک پر وہ پھولوں والی سفید ساڑی پہنے سانولے رنگ کی لڑکی گزر رہی تھی اور میرے الفاظ اس کے آنچل میں دھیرے دھیرے بھرتے جا رہے تھے۔

***

مردہ گھر

مردہ گھر میں میری لاش پڑی ہے۔

مال گاڑی سے اتاری گئی بند بوریوں سی پھولی، لیبل لگی تین چار لاشیں اور بھی مردہ گھر میں پڑی ہیں۔

جب میری لاش مردہ گھر میں لائی گئی تو سورج دھیرے دھیرے دور مٹیالی پہاڑیوں کی اوٹ میں پھسل رہا تھا اور پہاڑی پر ٹکے بادلوں میں آگ کے گولے کی لال کرنیں شعلہ سی بھڑک رہی تھیں۔ افق سے لوٹی ہوئی لالی بند کھڑکی کے شیشوں میں جلتے لوہے سی پگھلنے لگی۔ دھند اور مٹی کے غبار میں اندھیرے کے زرے تیر رہے تھے اور میں پہچان نہ سکا کہ مجھے مردہ گھر میں کون لایا ہے۔ سایے دھیرے دھیرے روشنی کو نگلنے لگے اور پھر روشنی اور سایے کا فرق مٹ گیا۔ کمرے میں اندھیرا کالے ناگ کی طرح رینگ رہا تھا۔ سرخی سیاہ ہو چکی تھی۔ آگ کا گولا اندھیرے کے غار میں ڈوب چکا تھا۔ اندھیرا سرکتے سرکتے بہت قریب آ کر میرے سرہانے کھڑا ہو گیا۔ لاشوں کے سفید کفن بھی سیاہ پڑ گئے۔ مردہ گھر، برگد کا بوڑھا پیڑ، بجلی کا کھمبا، ہسپتال کی وسیع عمارت، سامنے نرسوں کے کوارٹر، سڑک، گھاس، پھول، کانٹے دار تاریں، سائیکل اسٹینڈ، مریضوں کے کمرے، حدبندی کی دیوار۔۔۔ سب پر موت کی کالی چھایا پھر گئی۔ مریض وارڈوں میں داخل ہو چکے تھے۔ ان کے ملنے والے گھر لوٹ گئے۔ ایمبولینس وین اور مردہ گھر کی گاڑی یتیموں

سی کھڑی تھیں۔ کبھی کبھی کوئی کراہ لیتا تھا۔ لوٹتا ہوا پرندہ پر پھڑ پھڑا لیتا تھا۔ ہارن بجانا منع تھا لیکن دور سے اس سناٹے میں سنائی دے جاتا تھا۔

قریب کسی کے قدموں کی آواز سنائی پڑی۔ شاید کوئی لاش اور لائی جا رہی تھی۔ لیکن آواز آگے بڑھ گئی اور کتا آواز کے پیچھے دیر تک بھونکتا رہا۔ درختوں کے پتے گر رہے تھے۔ سوکھے، کھڑکھڑاتے پتے اور تیز ہوا ٹہنیوں میں گولی کی آواز کی طرح گونج رہی تھی۔

اور پھر آوازیں دھیرے دھیرے سناٹے میں کھو گئیں۔ ایسے میں کوئی پتا بھی گرتا تو میں سہم جاتا۔

مردہ گھر کے دروازے کی دراز سے روشنی کی ایک لکیر نہ جانے کہاں سے آجاتی اور جب وہ بھی غائب ہو جاتی تو اندھیرا اور بھی گہرا ہو جاتا۔ میں مرچکا ہوں۔ پھر بھی نہ جانے کب سے ایک بے نام سا خوف میری روح میں گڑا جا رہا ہے۔ برگد کے پیڑ پر الٹی لٹکی چمگادڑوں کو دیکھ کر ایک بار لاشیں بھی کانپ جاتی ہیں۔ کوئی چمگادڑ جب مردہ گھر کی ایک دیوار سے دوسری دیوار کی طرف اڑتی، ٹکراتی ہے تو کمرے میں اندھیرے کی بھٹکن اور بھی تیز اور گہری ہو جاتی ہے۔

میری موت کیسے ہو گئی؟ ابھی کچھ لمحے پہلے میں زندہ تھا۔ میرا خیال ہے کہ میں اب بھی زندہ ہوں کیوں کہ میری لاش اب بھی سردی میں ٹھٹھر رہی ہے اور مجھے اب بھی کچھ کچھ یاد آتا ہے، کچھ کچھ، مدھم مدھم سا، موہوم سا کچھ۔

مجھے کوئی روگ نہیں ہوا، پیٹ پیٹھ پر کسی نے چھرا نہیں گھونپا، دل دماغ میں کوئی گولی نہیں لگی؛ نہ حرکت قلب بند ہوئی نہ دماغ کی کوئی نالی پھٹی، نہ جسم جلا نہ دل سے درد اٹھا، تو پھر میں اچانک مر کیسے گیا؟

ساتھ والی لاش نے شاید کروٹ بدلی۔ اب اس کے مرنے کا ایک سبب ہے، ایک سلسلہ ہے۔ شاید انسان کی مشیت کا راز اسی میں مضمر ہے۔ پہلے ہلکے ہلکے کھانسی ہوئی، پھر متواتر کھانسی آنے لگی، بخار بھی ہونے لگا۔ جسم دبلا نحیف، چہرہ پیلا زرد اور دل اداس ہو گیا۔ پھر کھانسی کے ساتھ خون بھی آنے لگا اور جب خون آنے لگا تو وہ گھبرا گیا کہ اب وہ کسی دن کسی بھی لمحے مر سکتا ہے۔ اسے اندر ہی اندر کوئی کھا رہا ہے، کوئی گھن لگ گیا ہے۔ ویسے اسے کوئی بھی روگ ہو سکتا تھا۔ روگ کے انتخاب میں وہ آزاد نہیں تھا۔ ساتھ والے بستر پر پڑے پڑے اس نے ایک دن بتایا تھا کہ وہ برسوں سے اس روگ کو پال رہا ہے، بڑے پیار سے، بڑی رفاقت سے، ایسے ہی جیسے وہ کسی نظم کی تخلیق کر رہا ہے، بے اختیار، نامعلوم، بے ارادہ اور تب اسے معلوم ہوا کہ وہ شعر کے ساتھ ساتھ دق کے جراثیم بھی پال رہا ہے، جب لکھتے لکھتے اسے زوروں کی کھانسی ہوئی، پھیپھڑوں میں درد ہوا اور خون کا ایک کالا دھبہ کورے کاغذ پر جا پڑا۔ ایک شعر کی تخلیق۔

اندھیرے کے خلا میں بھٹکتی ہوئی، آسیب زدہ نجس سایے سی زندگی۔

"شعر اور دق کے جراثیم شاید ایک ساتھ ہی جنم لیتے ہیں، ایک ساتھ ہی پلتے ہیں۔" اس نے کہا تھا۔

میں نے اس کی طرف دیکھا۔ کتنا رومانٹک تصور تھا اس کا! جیسے تپ دق ہی شعر کا سر چشمہ ہے۔

ساتھ والے وارڈ میں کوئی یکبارگی کراہ کے ٹوٹ گیا۔

اس نے مجھے دیومالا کا ایک قصہ سنایا،

"فیلو اسٹیٹس بڑا طاقت ور تھا لیکن اس کے پاؤں میں ایک ایسا زخم تھا جس سے بڑی نفرت انگیز بدبو آتی تھی۔ اس کے ساتھی اس کے رستے ہوئے زخم اور بدبو کو برداشت نہ

کر سکتے تھے۔ اس کے پاس ایک کمان تھی جو دشمنوں کو فنا کر سکتی تھی اور جس کا نشانہ اچوک تھا۔ مگر اس کے زخم کا کوئی مداوا نہیں تھا۔ بدبو دار رستے ہوئے زخم کے باعث اس کے ساتھی اسے اکیلا چھوڑ کر چلے گئے، لیکن اپنے دشمنوں پر فتح پانے کے لیے انہیں اس کی ضرورت پڑی کیوں کہ صرف اس کے پاس ہی ناقابل تسخیر حربہ تھا۔""لیکن اگر کسی کا زخم زیادہ گندا ہے تو کیا وہ اسی باعث بڑا افنکار ہے یا جس کی صلاحیت زیادہ ہے اس کا زخم بھی بڑا ہے؟" میں نے پوچھا۔

وہ تھوڑی دیر خاموش رہا اور پھر بولا،

"تم ٹھیک کہتے ہو۔ سوال زخم کا نہیں بلکہ یہ ہے کہ کون زخم خوردہ ہے۔ ایک عام کند ذہن یا ایک مہاکوی۔۔۔"

اس نے کروٹ بدلی۔ وہ زور زور سے کھانسنے لگا اور خون کی ایک دھارا اس کے پھیپھڑوں سے پھوٹ پڑی۔ اس نے نیم بند آنکھوں سے کمرے میں پڑے سب مریضوں کو دیکھا اور پھر سو گیا۔ نرس دیر سے آئی تھی اور وہ جا چکا تھا۔

آج اس نے اپنی پریم کہانی سنائی تھی۔

چاندنی میں لپٹے ہوئے چیڑ کے درختوں سے ہوا گزرتے ہوئے رو رہی تھی۔

بے حسی مجھ پر طاری ہونے لگی۔ بس اتنا یاد ہے کہ سفید کپڑوں والی کوئی عورت ٹرالی میں دروازے کے سامنے سے گزر گئی۔

وہ نہ تو شاعر ہے اور نہ ہی اختلاج قلب کی مریض۔ پھر اس نے خودکشی کیوں کی؟ (لوگ کہتے ہیں کہ اس پر کسی بھوت کا سایہ ہے۔) جب بھی وہ کمرہ اور کھڑکیاں بند کرتی ہے اور پردے گراتی ہے تو اسے کوئی خوف جکڑ لیتا ہے۔ چاروں طرف خاموشی ہوتی ہے۔ مکمل سناٹا، لیکن وہ اس دیوار سے اس دیوار کی طرف بھاگتی ہے۔

"تم کہاں ہو؟ سامنے کیوں نہیں آتے؟ لو میں دروازے کھول دیتی ہوں، کھڑکیاں کھول دیتی ہوں، پردے ہٹا دیتی ہوں۔ ایشور کے لیے باہر نکل جاؤ۔۔۔" وہ چلاتی اور پھر دروازے اور کھڑکیاں کھول دیتی ہے، پردے ہٹا دیتی اور ایک لمبی سانس لیتی اور صوفے پر مفلوج سی گر پڑتی۔ اف اور پھر جب وہ دروازے اور کھڑکیاں بند کرتی اور پردے گرا دیتی، کمرے میں مکمل اندھیرا اور خاموشی ہو جاتے تو یہی ڈراما شروع ہو جاتا۔ وہ چلاتی، "میں پاگل ہو جاؤں گی۔"

کیا وہ پاگل نہیں تھی؟ جسے بند، اندھیرے کمرے میں کسی بھٹکتے ہوئے، آشیاں سے بچھڑے پرندے کے پر پھڑپھڑانے کی آوازیں آتی ہیں۔ جہاں جہاں وہ جاتی ہے یہ پرندہ اس کے ساتھ ساتھ جاتا ہے۔ وہ اس سے بھاگتی ہے، اس دیوار سے اس دیوار تک۔ ایک ریستوراں سے دوسری تفریح گاہ تک، پہاڑی مقاموں پر، سمندر کے کنارے، سنسان ویران جگہوں اور بھرے پرے بازاروں میں، لوگوں کے ہجوم میں، اکیلے۔۔۔ یہ پرندہ اس کے شانے پر بیٹھا رہتا ہے۔ نہ اڑتا ہے نہ مرتا ہے۔

جب کیزیولٹی روم میں اسے لے جا رہے تھے تو میں نے اسے دیکھا تھا، تازہ کھلے پیلے پھول کی طرح خوبصورت، کھوئی کھوئی سی، آنکھیں حیرت بھری، بکھرے ہوئے بال، جنوں خیز، خاموش، سنجیدہ۔۔۔ اور جب اس نے ڈھیر ساری نیند کی گولیاں کھا لیں تو اس کی روح کو کچھ سکون ملا۔ محو حیرت ہوں کہ دنیا کیا سے کیا ہو جائے گی۔ شاید اس کی نیند غائب ہو چکی تھی۔ ایک اٹوٹ نیند، عالم جذب کے لیے، جس میں محض خواب ہے، حقیقت نہیں۔ شاید یہ موت انہیں خوابوں کے باعث تھی۔ مردہ گھر میں اس کی روح پریت سی گھوم رہی تھی، ایک بھٹکے ہوئے آشیاں سے بچھڑے پرندے کی طرح۔۔۔ ایک دیوار سے دوسری دیوار تک۔

"آج شام کو ملنا، سات بجے، ٹھیک سات بجے، پارک میں۔"

"او۔ کے۔" نرس نے ڈاکٹر کو جواب دیا اور مسکرا دی اور پھر مریض کو انجکشن لگانے میں لگ گئی۔

"مجھے سمجھ نہیں آتا کہ لوگ ایک چھلاوے سے اتنا کیوں ڈرتے ہیں؟ اپنی زندگی ایک واہمے کے لیے کس طرح برباد کر دیتے ہیں!" نرس کہہ رہی تھی۔

"پوور سول۔ کسی سے عشق وشق ہو گیا ہو گا۔" وہ بولی۔

میں نے کروٹ بدلی۔ کیا عشق کے بغیر انسان کی نجات نہیں؟

"سوال عشق یا خودکشی کا نہیں، سوال اس واہمے کا ہے جس کے لیے لوگ زندگی لٹا دیتے ہیں۔" شاعر نے کہا تھا۔

"کیا حقیقت ہے اور کیا واہمہ؟ کیا صداقت ہے اور کیا شاعری؟ ان سوالوں کا جواب میں کیسے دے سکتا ہوں شاعر۔ نہ میں نے کبھی شعر کی تخلیق کی ہے نہ ہی کسی سے پیار۔ میں تو ایک عام آدمی ہوں۔"

نہ جانے اس نیم شعوری حالت میں مجھے بچپن کی باتیں کیوں یاد آ رہی تھیں!

میں چھت پر پتنگ اڑا رہا تھا۔ پتنگ اوپر ہی اوپر اڑتا جا رہا تھا، آکاش کے وسیع کھلے پن میں، جیسے وہ کسی ڈور سے نہیں بندھا محض ہوا کے دوش پر اوپر ہی اوپر اڑ رہا ہے۔ ایک دوسرا پتنگ اس کی طرف بڑھنے لگا۔ دھیرے دھیرے سے وہ ایک دوسرے کے قریب آتے گئے۔ قریب آتے آتے ایک دوسرے سے الجھ گئے۔ ڈور ختم ہو رہی تھی۔ ڈر تھا کہ میرا پتنگ کٹ نہ جائے۔ میں نے ایک جھٹکا دیا، دوسرے کا پتنگ کٹ گیا۔ میں خوشی سے اچھل پڑا۔ کٹا پتنگ بہت دیر تک ہوا میں تیرتا رہا اور ہم بہت دور تک اس کے پیچھے بھاگتے رہے۔ پتنگ بیری کے ایک درخت پر کانٹوں میں الجھ گیا۔ جھٹ میں درخت پر چڑھ گیا۔

کانٹوں میں الجھتے میں نے پتنگ جھپٹ لیا۔ میرا جسم زخمی ہو چکا تھا، میرے کپڑے پھٹ گئے تھے لیکن جیت کے نشے میں میں نے سب کچھ برداشت کر لیا۔ جب میں نیچے اترا تو ایک بھدا سا بڑا لڑکا کھڑا تھا۔ وہ مجھے گھورے رہا تھا۔ "یہ پتنگ میرا ہے!" اس نے کہا۔

میں نے ڈرے ہوئے لہجے میں اس سے کہا، "یہ میں نے جیتا ہے۔"

"دیتا ہے یا دوں ایک۔۔۔" اور اس نے مجھے ایک گندی گالی دی تھی۔ میں نے دریوزہ گر نظر سے اس کی طرف دیکھا لیکن اس کے اٹھتے ہوئے ہاتھ دیکھ کر میں کانپ گیا۔ میں نے پتنگ اسے دے دیا۔ مجھے ایسا محسوس ہوا کہ میں ایک چوہا ہوں جو بلی کے ڈر سے اپنے بل میں گھس گیا ہے۔

اور پھر میں نے پتنگ اڑانا چھوڑ دیا۔ ہر کھیل، گیند بلا، ہاکی، فٹ بال۔۔۔ سب کچھ چھوڑ دیا۔ ہر جگہ تو بڑا لڑکا تھا۔ میں اکیلا دور نکل جاتا۔ ریل کی پٹریوں کے ساتھ ساتھ چلتا رہتا اور پلیا پر جا بیٹھتا۔ رنگ برنگی تتلیاں پکڑنے کی کوشش کرتا۔ میں گھنٹوں اسی طرح بھوکا پیاسا دنیا سے بے خبر کالی، پیلی، نیلی، قوس قزح تتلیوں کے پیچھے بھاگتا رہتا یا بارش کے دنوں میں کاغذ کی ناؤ چلاتا رہتا جب تک کہ ان میں پانی نہ بھر جاتا اور وہ ڈوب نہ جاتیں۔ شاید بے کار گھومتے ہوئے ان لمحات میں میں نے محسوس کیا کہ میں شاعر ہوں۔

میں نے وہ شہر چھوڑ دیا۔ کیوں؟ روزگار کی تلاش میں یا کسی دوسرے کے خوف سے؟ لیکن یہ فیصلہ میں نے اس دن کیا تھا جب وہ بڑا لڑکا اپنی کار میں اپنی نئی بیاہی بیوی کو لیے فراٹے سے میرے پاس سے گزر گیا۔ کار کی دھول کے غبار میں میں لپٹ گیا۔ اس کی بیوی سے مجھ عشق نہیں تھا لیکن وہ بچپن میں میرے ساتھ پانی میں ناؤ ضرور چلایا کرتی تھی۔

"کوی تم شاعری خوب کرتے ہو، کیا اس لڑکی کو آزاد نہیں کرا سکتے؟" میرے دل

نے شاعر سے پوچھا۔

"کس لڑکی کو؟"

لیکن وہ تو مر چکا تھا۔ اس کی سب بحث ختم ہو چکی تھی۔ شاعر کا فرض کیا ہے؟ اس کا وشواس کیا ہے؟ میرے دل میں شک کے کالے بادل منڈلانے لگے۔

میرا وشواس کیوں ڈول گیا؟ میرا غصہ، میری تشدد کی خواہش اس وقت غائب ہو گئی جب آدھی رات کو جیل میں دو ہاتھ کسی دوسرے کے سرہانے کے نیچے سے ڈبل روٹی چرا رہے تھے۔

کمرے میں کار کے پہیوں کے گھسٹ کر زور سے رکنے کی آواز آئی۔ ایک دم بریک لگی اور ایک چیخ فضا میں گونج اٹھی۔ کار کی روشنی کا آئینہ اندھیرے میں گھوم گیا اور سفید کپڑوں میں لپٹی لاشیں جگمگا اٹھیں۔ کار ایک دم اسٹارٹ ہوئی اور فراٹے بھرتی ہوئی نکل گئی۔ کمرے کے اندھیرے میں بڑی دیر تک چیخ گونجتی رہی۔ چاروں طرف سے چیخیں گونجنے لگیں۔ دور رات کے اندھیرے میں کوئی سسک سسک کر دم توڑ رہا تھا۔ پہلے اس سے زنا بالجبر کیا گیا اور پھر اسے ننگا کر کے سردیوں کی ٹھٹھرتی رات کو بجلی کے کھمبے کے ساتھ لٹکا دیا گیا اور اس کے سینے میں گولی داغ دی۔ اس کے سر پر بجلی کا بلب جل رہا تھا۔ اس کے برہنہ جسم کا ہر زخم روشن تھا۔

ایسی ہی ایک چیخ میں نے پھر سنی۔ رات کے اندھیرے میں گاڑی دھیرے دھیرے رینگ رہی ہے۔ ایک دم نعروں کا شور بلند ہوا اور گاڑی رک گئی۔ نیزے، بھالے، بلم، تلوار لیے لوگ گاڑی میں گھس آئے۔ جسم کٹنے لگے۔ عورتیں، مرد، بچے کو چاند کی گیند کی طرح ہوا میں اچھالا اور پھر نیچے بھالا رکھ دیا۔ رات کے سناٹے میں ایک چیخ گونجی اور پھر ایک قہقہہ بلند ہوا۔

صدیاں بیت چکی ہیں لیکن وہ تنہا ابھی تک سولی پر کیوں لٹکا ہوا ہے؟

رات آدھی سے زیادہ بیت چکی ہے۔ باہر قدموں کی چاپ سنائی پڑ رہی تھی۔ برآمدے کے پتھروں پر جیک بوٹوں کی کھٹا کھٹ کھٹا کھٹ۔ شور اور دھواں اور پھر ایک کال کوٹھڑی سے ایک نوجوان کو کھینچ کر نکالا گیا۔ رات کے خاموش اندھیرے میں چوروں کی طرح اسے شہر سے باہر لے جایا گیا اور ندی کے کنارے اس کے ٹکڑے ٹکڑے کر کے پانی میں بہا دیا گیا۔ جیک بوٹوں کی آواز پتھروں پر بڑی دیر تک لوٹتی رہی۔

دن۔۔۔ دنا۔۔۔ دن۔۔۔ گولیاں چل رہی تھیں۔ عورتیں، مرد، بچے، سب نہتے۔ بھگدڑ مچی ہوئی تھی۔ چار دیواری کے گھیرے میں شام کی تاریکی میں انہیں گولی سے اڑایا جا رہا ہے۔ سینوں پر گولیوں کے داغ لیے اندھیرے میں لوگ گھوم رہے ہیں اور اندھیرے کے سمندر میں اپنے چہرے دیکھتے ہیں۔

اور پھر لوگ اور لوگ اور لوگ۔ ہزاروں لوگوں کی بھیڑ شاہراہ پر آگے بڑھ رہی تھی۔ سمندر کے طوفان کی طرح پھیلتی جا رہی ہے، جے جے کار کے نعرے لگاتی، پرچم لہراتی اور ایک آدمی بھیڑ کے سامنے سے چلا آ رہا ہے، ایک پھٹا ہوا پھریرا لیے۔ الجھے ہوئے قدموں تلے دھرتی پھسل رہی تھی۔ بار بار بھیڑ کے ریلے سے وہ پیچھے دھکیل دیا جاتا تھا۔ پھر بھیڑ کے بھنور میں وہ پھنس گیا۔ لوگوں نے شور مچایا، راستے سے ہٹ جاؤ نہیں تو کچلے جاؤ گے۔ لیکن وہ پریت زدہ روح کی طرح آگے ہی آگے بڑھتا جا رہا تھا۔ وہ لوگوں کے پاؤں تلے روندا جا رہا تھا۔ وہ بار بار اٹھا کھڑا ہوتا اور پھر کچل دیا جاتا۔ اس کا چہرہ غصے اور حقارت سے لال ہو رہا تھا۔

اچانک بھیڑ میں کہیں سے ایک ہاتھ اٹھا، ایک خنجر بجلی کی طرح چمکا، ایک چیخ کی آواز آئی۔ پرندے ڈر کے مارے درختوں سے اڑ گئے اور پھر یہ آواز بھیڑ کے فاتح شور

میں کھو گئی۔

یہ تیسری لاش کیا اس کی ہے؟ جو کالے، پیلے، نیلے چہروں میں سے ابھر کر آئی ہے۔ ایک لاش روندی ہوئی، کچلی ہوئی۔ لہو کا فوارہ اور دیر تک گونجتی ہوئی چیخ۔ اس نے پھٹی پھٹی نگاہوں سے چاروں طرف دیکھا۔

جب خنجر بجلی سا چمکتا ہے، گولی، دن سے چلتی ہے، کوئی قتل ہوتا ہے یا خودکشی کرتا ہے تو سناٹا کیوں چھا جاتا ہے؟ کیا زخم کی کوئی زبان نہیں ہوتی؟ زخم کے ہونٹ تو ہوتے ہیں، آواز کیوں نہیں؟

"پیس از رٹن آن دی ڈور اسٹیپ ان لاوا۔" میں نے ڈائری میں لکھا تھا۔

وہ ہاتھ کہاں ہیں؟ بے رحم، قاتل ہاتھ۔۔۔ لیکن اب وہاں کوئی نہیں تھا۔ لوگوں کا ہجوم آگے بڑھ چکا تھا۔ دشمن ان جانا تھا، بے نام تھا، اندھیرے میں کھو چکا تھا اور وہ اپنے دشمن (وہ اسے اپنا دوست سمجھتا تھا جس نے اسے زندگی میں ہر لمحہ دہشت زدہ رہنے کی اذیت سے نجات دلائی تھی) کا شکریہ بھی ادا نہیں کر سکا۔

میں نے ان ہاتھوں کو دیکھا ضرور تھا جنہوں نے اس کو قتل کیا تھا لیکن میں انہیں پہچان نہیں سکتا۔ کل تک ان ہاتھوں کو میں پہچان سکتا تھا۔ یہ وہی ہاتھ تھے، اس بڑے لڑکے کے، جو ایک معصوم لڑکے کو پیٹ رہے تھے۔ یہ وہی ہاتھ تھے جو بندوقیں تانے گولیاں چلا رہے تھے۔ یہ وہی ہاتھ تھے جو لاش کے ٹکڑے ٹکڑے کر کے ندی میں بہا رہے تھے۔ یہ وہی ہاتھ تھے جو اس لڑکی کے کمرے میں بھٹکتے ہوئے پرندے کا گلا گھونٹ دینا چاہتے تھے۔ یہ وہی ہاتھ تھے جو اندھیرے میں ایک ساتھی کی ڈبل روٹی چرا رہے تھے۔

لیکن آج میں ان ہاتھوں کو نہیں پہچان سکتا۔ شاید اس لیے کہ میں مر رہا ہوں۔ (کیا

میں واقعی مر چکا ہوں؟) صبح کی پہلی کرن کمرے میں چوری چھپے داخل ہوئی۔ یادیں دھندلی پڑتی جارہی تھیں۔ اگر ان لاشوں کے بارے میں میں کچھ نہ جانتا تو بات کتنی سادہ ہوتی، محبت کی تثلیث۔۔۔ ایک عورت، دو مرد، قتل، خودکشی اور تپ دق۔ لیکن یہ تثلیث نہیں تھی کیوں کہ میں بھی تو مردہ گھر میں موجود تھا۔ چوتھا آدمی۔ قدموں کی ہر آہٹ سے میں چونک جاتا۔ شاید کوئی میری لاش لینے آیا ہے۔

شام تک لوگ آتے رہے اور باری باری سب لاشیں لے گئے۔ اندھیرا گہرا ہوتا جا رہا تھا۔ کلاک نے تین بجائے۔ سناٹا ایک لحظے کے لیے ٹوٹا اور پھر خاموشی۔ اس سنسان، ٹھٹھرتی ہوئی سرد رات میں کون آئے گا؟ اور وہ بھی ایک مردے کے لیے۔ شاید کوئی لاش لینے آیا ہے۔ میں دروازہ کھولنے کے لیے اٹھتا ہوں اور گر پڑتا ہوں۔ کمرے میں کسی کے رینگنے کی آواز آئی۔ گھپ اندھیرا تھا۔ کچھ دکھائی نہیں دے رہا تھا۔ آنے والے کی شاید آنکھ چمک رہی تھی۔ کیا سانپ کی بھی آنکھیں ہوتی ہیں؟ اس کی لال زبان شعلے کی طرح اندھیرے میں لپک رہی تھی لیکن مجھے ذرا محسوس نہ ہوا۔ سانپ میرے قریب آ گیا اور پھن اٹھا کر کھڑا ہو گیا۔ صرف سانپ ہی زندہ تھا اور میں اکیلا پڑا تھا۔ میں چھت کو دیکھ رہا تھا جس کی نہ تو کڑیاں تھیں کہ گن سکتا نہ کھلا آسمان کہ تاروں کی چھاؤں ہی ہوتی۔

باہر دو آدمی باتیں کر رہے تھے،

"اس لاش کا کیا بنے گا؟ کوئی نہیں آیا۔"

دوسرا بولا، "لاوارث ہے شاید۔"

میں نے آنکھیں بند کر لیں۔ دروازے پر زنگ لگا تالا لگا تھا۔ وقت کے سیاہ سمندر میں سفید بادبان پھیلا کے میری لاش کا جہاز صدیوں سے چل رہا ہے۔ اس کی نہ کوئی منزل ہے نہ ساحل۔

مجھے اندھیرے سے بہت ڈر لگتا ہے۔ دوستو! اس اندھیرے میں میں کب سے بھٹک رہا ہوں۔ جہاں جہاں میں جاتا ہوں وہ میرے سامنے ایک دم آ کھڑے ہوتے ہیں، بازار میں، گلی میں، موڑ پر، سیڑھیوں پر؛ ہر اس جگہ جہاں اندھیرا گہرا ہوتا ہے۔ بجلی کے کھمبے پر برہنہ عورت کی لاش کراس کی طرح اٹھائے وہ میرے سامنے آ کھڑا ہوتا ہے اور مجھ سے پوچھتا ہے، بتاؤ اس کا قاتل کون ہے؟ اور اچانک دوسری طرف سے کالے گھوڑے پر سوار شیطانی ہنسی ہنستا ہوا وہ آجاتا ہے، بھالے کی نوک پر بچے کی لاش اچھالتا ہوا۔ وہ دونوں صدیوں سے میرے پیچھے گھوم رہے ہیں۔ میں کدھر جاؤں؟ اس گھنے اندھیرے میں مجھے کچھ سجھائی نہیں دیتا۔ اے خدا مجھے روشنی دو۔ لیکن خدا کہاں ہے؟ اس کی لاش بھی تو مردہ گھر میں پڑی ہے۔

او نمو یروشلم ہیروشمو۔

***

بجلی کا کھمبا

چند روز ہوئے، ہوٹل کے مالک نے ایک شام مجھ سے کہا، "ہمیں جینیس نہیں چاہئے مسٹر اور تم تو سوپر جینیس ٹھہرے۔ شاعر اور کہانی کار۔ ہمیں تو وہ آدمی چاہئے جو مشین کی طرح تیز رفتاری سے کیلکولیٹر پر روپے پیسے کے بل بنا سکے۔" پھر وہ مسکرایا، "اور تم ہینڈل پر ہاتھ رکھے سوچتے رہتے ہو کہ آدمی اور مشین میں کیا رشتہ ہے۔" پھر وہ زور سے ہنسا، "سنا ہے امریکہ میں اب مشینیں بھی شعر کہنے لگی ہیں۔"

"آدمی اور مشین میں کیا رشتہ ہے؟ یہ سوچنے کی ضرورت نہیں، کیوں کہ میں آدمی ہوں اور مشین پر کام کرتا ہوں لیکن میری جگہ یہ کم دام پر مشین کی طرح چست اور تیز رفتاری سے کام کرنے والے آدمی نے لے لی۔"

اس آدمی نے میری طرف ایک بار دیکھا اور پھر کھٹ کھٹ کیلکولیٹر پر بل بنانے لگا۔

اب میں کئی دنوں سے سڑکوں کی خاک چھان رہا ہوں۔ نوکری نہیں ملی اور نہ شعر ہی کہہ سکا اور نہ کوئی کہانی لکھ سکا۔ واقعی یہ پہلا دور پہیے کی گڑگڑاہٹ کا ہے دل کی دھڑکن کا نہیں۔ آدمی یا تو مشین بن جائے ورنہ۔۔۔ اب تو کوئی استعارہ بھی نہیں سوجھتا۔ میرا جسم شل ہو گیا ہے۔ دماغ سوچ نہیں سکتا اور دل بھر گیا ہے۔ بس ایک روشنی ہے جو میرے سر پر ہے۔ ایک سلسلہ ہے روشنی کا جو سڑک کے ایک کنارے سے دوسرے

کنارے تک پھیلتا چلا گیا ہے۔

بات بہت معمولی تھی اور اس قسم کی باتیں کاروباری زندگی میں روزمرہ کا معمول بن چکی ہیں لیکن نامعلوم کیوں میرا دل بھر گیا اور میں کتنی دیر سے بجلی کے کھمبے کے ساتھ کھڑا ہوں۔ جب میں زندگی میں کبھی مایوس ہوتا ہوں تو کسی درخت کی جھاڑی میں یا دیوار کے سایے میں کھڑا ہو جاتا ہوں۔ خاموش، بے حس، بے حرکت اور اس وقت تک کھڑا رہتا ہوں جب تک دل کا درد اور سایے کی سیاہی ایک دوسرے میں خلط ملط ہو کر میرے احساس کو سن نہیں کر دیتے لیکن اس بار مایوس ہونے کے بعد میں درخت کی چھاؤں یا دیوار کے سایے کے بجائے بجلی کے کھمبے کے ساتھ اس کی روشنی تلے کھڑا ہو گیا۔ اس روشنی میں، میں نے اپنے آپ کو اندھیرے کی لاوارث لاش کی طرح محسوس کیا کہ یہ میری آخری شکست ہے۔ اس لیے نہیں کہ اس کے بعد میں کامیاب ہو جاؤں گا بلکہ اس لیے کہ اس کے بعد کسی قسم کی جدوجہد میں بیکار سمجھتا ہوں۔ اگر بجلی کا بلب بولنے نہ لگتا تو میرا یہ احساس تیز ہو جاتا کہ میں اندھیرے کی لاوارث لاش ہوں جسے روشنی کی بھٹکی ہوئی لہروں پر بہا دیا گیا ہے۔

"مجھے معلوم تھا کہ ایک دن تم ضرور آؤ گے۔" بجلی کے بلب نے کہا، "میں نے تمھیں کئی بار ان سڑکوں پر رات گئے تک گھومتے ہوئے دیکھا ہے۔ تم نے کبھی میری طرف نظر اٹھا کر نہیں دیکھا، شاید تمھیں میری مصنوعی اور بیمار روشنی سے نفرت ہے۔ مجھے یاد ہے کہ ایک بار میری طرف دیکھ کر تم نے کہا تھا قمقموں کی زہر اگلتی روشنی۔ میں نے برا نہیں مانا۔ اس لیے کہ میں نے اسی سڑک کے کنارے رات رات بھر جاگ کر زہر پیا ہے، اگلا نہیں۔

تم ہمیشہ چاند ستاروں کی طرف دیکھتے رہتے تھے اور دھیرے دھیرے کچھ گنگناتے

رہتے تھے۔ تمہاری قمیص کے بٹن کھلے ہوتے تھے۔ تم اس وقت چونکتے، جب کسی برق رفتار کار کی تیز روشنی تمہاری نظر چاند ستاروں سے ہٹا کر میرے قریب لے آتی تھی۔۔۔ میں نے تمہیں دن میں کبھی نہیں دیکھا۔ تم کیا کرتے ہو۔ کیسے گھومتے ہو۔ کیونکہ میں دن میں بجھ جاتا ہوں۔ لیکن تم کچھ نہ کچھ ضرور کرتے ہی ہوگے زندہ رہنے کے لیے۔ ہر آدمی کو زندہ رہنے کے لیے کچھ نہ کچھ کرنا پڑتا ہے۔

پھر میں نے دیکھا، تم نے گنگنانا بند کر دیا ہے۔ بس صرف چاند ستاروں کی طرف اداس نظروں سے دیکھتے رہتے ہو۔ پھر تم نے چاند ستاروں کی طرف دیکھنا بند کر دیا۔ تمہاری گردن جھک گئی اور تم اپنے پاؤں کی ٹھوکر سے ایک چھوٹے سے پتھر کو لڑھکاتے لیے جا رہے تھے۔ اور جب تم واپس آئے تو وہی پتھر تمہارے پاؤں کی زد میں تھا۔ میں نے محسوس کیا کہ تم کسی غم میں مبتلا ہو۔ اگر دن کو تم ایسا کرتے تو مجھے کچھ محسوس نہ ہوتا۔ دن کو میں اندھا ہو جاتا ہوں لیکن رات کو میری تیسری آنکھ کھل جاتی ہے، پھر تمہیں یاد ہوگا ایک دن تم آئے، تمہارے قدم ڈگمگا رہے تھے۔

تم کوئی غزل اونچے سروں میں گا رہے تھے۔ لیکن کبھی سڑک کے اس کنارے اور کبھی اس کنارے۔ تمہارے بال الجھے ہوئے تھے۔ چہرے پر فکر کے آثار تھے۔ تمہارے ہاتھوں میں کاغذوں کا پلندہ تھا، جسے تم نے حقارت سے ڈسٹ بن میں پھینک دیا اور پھر خوب ہنسے۔ تم نے شراب پی رکھی تھی۔ میں اس غم سے بجھ گیا۔ مجھے احساس ہوا کہ تم اب ہمیشہ اس طرح آؤگے اور اگر تمہیں شراب میسر نہ ہوئی تو تم بجھ جاؤگے۔

تم نے شراب اس لیے پی کہ اپنے غم کو بھول جاؤ اور تمہیں شراب اس کے بعد میسر نہ ہوئی۔ اس لیے نہیں کہ تم لال پری کو شیشے میں نہیں اتار سکے بلکہ اس لیے کہ تم خون بن کر شیشے میں اتارنے کے قائل تھے۔ کیونکہ میں نے تمہیں ڈسٹ بن میں اپنی

کہانیوں اور نظموں کے مسودے ڈھونڈتے دیکھا اور جب تمہیں مایوسی ہوئی تو تم میرے قریب آکھڑے ہوئے۔۔۔"

بجلی کا بلب یہ کہہ کر کچھ لمحے کے لیے خاموش ہو گیا۔ سڑک پر تیزی سے کوئی کار نکل گئی۔

"تم سوچتے ہوگے، میں لوہے اور شیشے کا مرکب یہ سب باتیں کیسے محسوس کر لیتا ہوں۔" بجلی کے بلب نے کہنا شروع کیا، "یہ صحیح ہے کہ لوہے کے کھمبے سے لگ کر روشنی دیتا ہوں، جسے تم مصنوعی اور بیمار سمجھتے ہو۔ لیکن اس کھمبے کے ساتھ لوگ آکر کھڑے ہوتے ہیں۔ ڈھلتے ہوئے جسم اور ڈوبے ہوئے دل لیے میں نے ہر رات غم زدہ لوگوں کے دل کی دھڑکن سنی ہے۔ مجھ میں بھی انسانی احساسات کو محسوس کرنے کی کچھ قوت پیدا ہو گئی ہے۔ یہی باعث ہے کہ میں سمجھ گیا کہ تمہارے جیسا آدمی رو نہیں سکتا۔ یہی تمہاری ٹریجڈی ہے کہ تم رو نہیں سکتے۔

آدمی کتنا بھی غمزدہ کیوں نہ ہو، اگر وہ تنہا ہے تو وہ اپنے درد کے احساس سے مر جائے گا لیکن روئے گا نہیں۔ رونے کے لیے بھی کسی غم خوار کی ضرورت ہوتی ہے۔

آدمی کسی پیار بھرے ہاتھ کا لمس پا کر ایک دم پھوٹ پڑتا ہے۔ رونا بہت ضروری ہے ورنہ دل پھٹ جاتا ہے۔ اور پھر کوئی آنسو ستارہ بن کر چمک نہیں سکتا، کوئی درد گیت میں نہیں ڈھل سکتا، کوئی زخمی انگلی ستار پر نہیں تھرک سکتی۔ میں شاعر نہیں بجلی کا بلب ہوں۔ اور تمہیں کسی پیار بھرے ہاتھ کا لمس چاہئے کہ میرے ہاتھ نہیں، دور دور تک پھیلی ہوئی یہ تاریں ہیں، جن کا لمس زندگی نہیں موت دیتا ہے۔ میرے دوست میں سرد لوہے کے کھمبے سے کسی پیار بھرے ہاتھ کا نعم البدل نہیں بن سکتا۔ لیکن اپنی اس جلتی بجھتی روشنی سے تمہاری باتیں سمجھ سکتا ہوں۔ میرے اور قریب ہو جاؤ، تمہیں شاید کوئی

خوشی نصیب نہ ہو گی لیکن مجھے انسان کی قربت حاصل ہو جائے گی۔"

بجلی کا بلب پھر ایک لمحے کے لیے خاموش ہو گیا۔ میں اس کے قریب ہو گیا۔ لوہے کے کھمبے سے لپٹ کر مجھے عجیب زندگی کا احساس ہوا۔

"جب میرے ساتھ لگ کر کوئی کھڑا ہوتا تو مجھے عجیب زندگی کا احساس ہوتا ہے۔" بجلی کے بلب نے کہنا شروع کیا، "کچھ دن ہوئے تمہاری طرح ہی ایک بجھے ہوئے دل والی ایک لڑکی میرے قریب کھڑی ہو گئی۔ اس کی آنکھوں میں آنسو تھے۔ وہ بھی رو سکتی تھی۔ اس سڑک پر شام کے جھٹپٹے میں اس کو چہل قدمی کرتے ہوئے میں نے کئی بار دیکھا ہے۔ اس کے ننھے ننھے سفید ہاتھوں میں سلایوں کو ناچتے دیکھ کر عجیب خوشی کا احساس ہوتا تھا۔ کتنی تیزی اور صفائی سے اس کے ہاتھ سوئٹر بن رہے تھے۔ کبھی کبھی سرد راتوں میں تنہا کھڑے کھڑے میری خواہش ہوتی کہ وہ لڑکی مجھے سوئٹر پہنا دے اور میں اسے ہمیشہ روشنی دیتا رہوں گا۔

پھر ایک روز اسے بھی کسی نے لڑکھڑاتے ہوئے قدموں سے گھر جاتے دیکھا۔ کئی راتیں وہ اس سڑک سے کبھی ٹیکسی موٹر رکشا پر گزرنے لگی اور بہت دور کہیں تیز روشنی میں اندھیرے کی طرح گم ہو جاتی۔ شاید جب وہ منہ بند کلی سی چٹکنے لگی تو کسی نے توڑ دیا، یا مسل دیا، یا اس کو اپنے دل میں چھپانے والے اور اس کے درمیان کوئی دیوار حائل ہو گئی، میں نہیں جانتا اس پر کیا بیتی۔ اسے چھوئی موئی سمجھ کر حفاظت سے رکھا گیا تھا کہ وہ چھونے سے ہی مرجھا گئی، یا اسے کاغذ کے پھول کی طرح ہر ہاتھ میں لٹنے دیا تھا، یا اس نے خود سپردگی کی اور اسے فریب ملا، یا اس نے پیار کیا اور اس کی سزا ملی لیکن اتنا جانتا ہوں کہ اس کے ماں باپ بوڑھے ہیں، جب وہ جوان تھے، بیٹی کی پرورش کرتے تھے۔ اور جب بیٹی جوان ہوئی تو ماں باپ کی پرورش کرنے لگی۔

میں نے اس سڑک پر اس کے گرد بیمار جسم والے بے رحم ہاتھ لپٹتے دیکھے۔ اب اس کا جسم بھی بیمار ہے، روح اپاہج ہے، دل زخم خوردہ ہے۔ وہ بھی تمہاری طرح قبل از وقت بڑھاپے کی دہلیز پر کھڑی دستک دے رہی ہے۔ ایک بار وہ بہت دکھی تھی۔ میرے قریب کھڑی ہوگئی۔ میں نے اس سے کہا، ہاتھ ہاتھ ہی ہوتے ہیں۔ بیمار کا ہو یا کسی تنومند کا۔ تمہیں ان ہاتھوں کے لمس سے روپیہ ملتا ہے اور روپیہ زندگی کے لیے ضروری ہے۔ پیار اور حسن، روپے کے بغیر فریب محض ہے۔ اس نے میری طرف انتہائی دکھ سے دیکھا۔ ہاں ہاتھ، ہاتھ ہی ہوتے ہیں۔ میں ان کے ہاتھ کا لمس چاہتی ہوں جن میں روح پھسل کے آجاتی ہے۔ دل تحفے کے روپ میں آتا ہے اور۔۔۔ اور وہ پھوٹ پھوٹ کر رونے لگی۔"

بجلی کا بلب بجھ گیا۔ سب بلب بجھ گئے۔ چاروں طرف اندھیرا چھا چکا تھا۔ اس اندھیرے میں بھی وہ کہہ رہا تھا، تمہارے پاس وہ ہاتھ ہیں۔ اب یہی ہیں میرے دوست۔ وہ لڑکی رات میں ہاتھوں کی تلاش میں یہاں آئی تھی اور مجھ سے لپٹ گئی تھی۔ وہ تمہارے ہاتھوں کی تلاش میں ہے۔ اور تمہارے ہاتھ۔۔۔ کیا نام لیا تھا اس لڑکی کا۔ ہاں نشا کی تلاش میں ہیں اور نشاماں باپ کی تجوری میں بند ہے۔ اور یہ لڑکی ماں باپ کی تجوری ہے۔ سمجھ میں نہیں آتا کہ یہ کیا ہو رہا ہے۔ تم انسان ہو، اس دنیا کے باسی ہو، یہ کیا ہو رہا ہے۔

میں جانتا ہوں تمہیں تجوری سے نفرت ہے لیکن زندگی تجوری کے بغیر جرم ہے یا موت۔ ابھی کل ہی کا ذکر ہے، ایک چودہ سالہ بچے کی خودکشی کا۔ وہ بچہ ہر رات میری روشنی میں تواریخ، جغرافیہ، اکنامکس اور شاعری کی کتابیں پڑھا کرتا تھا۔ رات گئے تک وہ یہاں پڑھتا تھا۔ میں نے اس سے پوچھا بیٹے تم اپنے گھر کیوں نہیں پڑھتے۔ اس نے میری

طرف حسرت بھری نظر سے دیکھا۔ گھر میں اندھیرا ہے۔ دیا جلا لو۔ پیسے نہیں۔ میں خاموش ہو گیا۔ جس کی اپنی رگوں میں خون جل جل کے خشک ہو رہا، وہ تیل جلانے کے لیے پیسے کہاں سے لائے۔

سامنے والے مکان کی کھڑکی میں دیکھو کتنی کم روشنی ہے۔ اور آرام کرسی پر بیٹھی لمبے بالوں والی لڑکی ہنگری ہل پڑھ رہی ہے۔ اس نے ایم۔ اے کر لیا ہے۔ یونیورسٹی کی بس میں جاتی تھی۔ اب سوشل آرگنائزر ٹریننگ کے لیے امریکہ جا رہی ہے۔ اور اس آفیسر کے ساتھ کلبوں میں گھومتی ہے جس نے اسے امریکہ جانے کے لیے پاس کیا ہے۔ اور وہ بچہ میری روشنی میں پڑھ کر اپنی آنکھ کی روشنی بھی کھو رہا ہے۔ جب اسے دن کے اجالے میں بھی کچھ دکھائی نہیں دے گا، تو اسے کام نہیں ملے گا۔ جب اسے کام نہیں ملے گا تو وہ مر جائے گا۔۔۔ لیکن وہ سمجھدار بچہ تھا۔ پیشتر کہ اسے موت آئے، وہ خود ہی مر گیا۔

جب اس کا امتحان شروع ہوا تو اس کا باپ دمے سے مر گیا اور وہ ناکام ہو گیا۔ اب وہ کبھی نہیں پڑھ سکے گا۔ پڑھے بغیر اسے کام نہیں ملے گا۔ اور گھر میں ایک بوڑھی ماں اور جوان بیٹی ہے۔ وہ ہار گیا اور اس نے کچھ کھا لیا۔ اس کی ماں نے برتن صاف کرنے کا کام شروع کر دیا۔ لیکن وہ پاگلوں کی طرح حرکت کرنے لگی اور کام نہ کر سکی۔ اگر وہ پاگل نہ بنتی تو عورت نہ ہوتی۔

اس کی بیٹی کسی کے ساتھ بھاگ گئی۔ جس کے ساتھ وہ بھاگ گئی تھی، قانون نے اسے اغوا کے جرم میں جیل میں بند کر دیا۔ جب وہ جیل سے رہا ہوا تو وہ رات کے اندھیرے میں تجوری توڑنے لگا۔ اور اب سایہ دیوار میں رقم گنتا ہے۔ میں نے اس سے ایک بار پوچھا تھا تم نقب زنی کیوں کرتے ہو۔۔۔ جانتے ہو اس نے کیا جواب دیا تھا۔ ہر

آدمی نقب زنی کرتا ہے۔ کوئی رات کے اندھیرے میں اور کوئی دن کے کالے بازار میں۔ پھر وہ میرے قریب آگیا۔ تم لوہے کے کھمبے ہو، اس نے کہا، تم انسان کے دل کی بات نہیں سمجھ سکتے۔ میں نے بھی پیار کیا تھا۔ محنت مشقت کی تھی۔ لیکن قانون نے مجھے اغوا کے جرم میں بند کر دیا۔ اب میں صرف روپے سے پیار کرتا ہوں، جہاں بھی بس چلے اغوا کر لیتا ہوں۔ وہ میرے ساتھ لگ کر کئی گھنٹے کھڑا رہا اور میں اس کے دل کی آواز سنتا رہا۔

بجلی کا بلب ایک دم روشن ہو گیا۔

تم سوچتے ہو گے میں بجھ کیوں گیا تھا۔ مجھ میں اتنی ہمت نہیں کہ انسانوں کے دکھ درد کی بات روشنی میں کہہ سکوں، لیکن میری بات کچھ الجھ گئی ہے۔ بات یہ تھی کہ وہ بچہ اس لڑکی کا بھائی ہے جو یہاں آکر روئی تھی۔ وہ نقب زن اس کا محبوب تھا جس نے اس کھمبے کے ساتھ کھڑے ہو کر سامنے والے مکان میں چوری کا ارادہ کیا تھا۔ اور سامنے والا مکان اس لڑکی کا ہے جو امریکہ جارہی ہے۔ اس لڑکی کا بھائی ہی تھا جس نے پہلی بار اس لڑکی کو پیسے دے کر جسم کا سودا کیا اور اس کی روح تک زخمی کر دی۔

بجلی کے بلب کی روشنی اور زیادہ تیز ہو گئی۔ سنا ہے تم کہانی کار ہو۔ تمہارے چہرے پر غم کی پرچھائیاں ان سب لوگوں کے دکھ کے باعث ہیں۔ خوشی کے لیے روپیہ، شہرت اور عورت کا پیار چاہیے، جس سے تم محروم ہو گئے ہو۔ روپیہ، شہرت اور عورت کا پیار سرکار کے دربار سے، کسی سیاسی پارٹی کے تاریک ذہن سے، کالے بازار کے اندھے کنوئیں سے ملتا ہے۔ لیکن جب تک تم کہانی کار ہو، تمہیں کچھ نہیں مل سکتا۔ کچھ بھی نہیں۔ دل کا چین اور روح کی شانتی بھی نہیں۔ خوشی کے لیے ضمیر کی آواز کو دبا دینا پڑتا ہے۔ اور کہانی تو ضمیر کی آواز ہوتی ہے۔

میں نے بجلی کے بلب کی طرف پہلی بار نظر اٹھا کر دیکھا۔ وہ مسکرایا۔ یہ کہانی دن کی

نہیں، رات کی ہے۔ میں رات بھر جاگتا رہتا ہوں۔ شاید تم بھی رات بھر جاگتے رہتے ہو۔ ان ہی سڑکوں پر میں روشنی دیتا ہوں اور رات میں سڑکوں پر تیز روشنی کی تلاش کرتے ہو۔ میں سیاہ اور سخت کوئلے کے سینہ سے گرمی اور روشنی کی چنگاری بن کر پھوٹتا ہوں اور تم انسانی دنیا کی سیاہی سے گھبرا کر بجھ رہے ہو۔

بجلی کا بلب خاموش ہو گیا اور میں نے محسوس کیا کہ میرا ایک ہاتھ نقب زن کے ہاتھ میں ہے اور دوسرا اس لڑکی کے ہاتھ میں، اور میں ان دونوں کے ساتھ بجلی کے ایک بلب سے دوسرے بلب پر اچھلتا کودتا ستاروں کی محفل میں پہنچ گیا ہوں، جہاں وہ بچہ ہمارا انتظار کر رہا ہے اور جہاں ہر ٹوٹتے ہوئے ستارے سے ایک کہانی جنم لیتی ہے۔

✲✲✲

سیاہ تِل

دروازے پر دوبارہ دستک ہوئی۔

میں نے دروازہ کھولا۔

باہر وہ کھڑا تھا، اسے میں نہیں جانتا تھا۔

"پہچانا مجھے۔۔۔" اس نے سوال کیا۔

"نہیں شاید!" مجھے یاد نہیں آرہا تھا کہ وہ کون ہے، اسے کہاں دیکھا تھا۔ شاید اسے میں نے پہلے کبھی نہیں دیکھا تھا۔

"شملے میں ہماری ملاقات ہوئی تھی۔" اس نے کہا، "اس روز بارش بڑے زوروں کی تھی اور ہم ایک سرائے میں پناہ لینے پر مجبور ہو گئے تھے۔"

"ہاں ہاں۔" میں نے کہا۔ لیکن مجھے کچھ یاد نہیں آرہا تھا۔

"اندر آیئے۔" میں نے کہا۔

وہ اندر آگیا اور آرام کرسی پر بیٹھ گیا۔ اس نے جیب سے پائپ نکالا اور دھیرے دھیرے اس میں تمباکو ڈالا۔ اس نے اپنی جیب میں ماچس تلاش کی لیکن اس کے پاس ماچس نہیں تھی۔ میں نے اسے سگریٹ لائٹر پیش کیا۔

"شکریہ!" اس نے کہا، "جب ہم شملے میں ملے تو تمہارے ساتھ ایک لڑکی تھی۔"

"لڑکی؟" میں نے جیسے چونکتے ہوئے کہا، "مجھے نہ جانے کیوں یہ خیال آیا کہ شاید یہ

آدمی مجھے بلیک میل کرنا چاہتا ہے۔ اس کی شکل وصورت اور نقل و حرکت سے مجھے یہی شک گزرا۔

"اب تمہاری یادداشت کافی کمزور ہوگئی ہے۔" وہ بولا۔ اس کے لہجے میں طنز تھا۔

"یاد کرو۔ ذہن پر ذرا زور ڈالو۔ ایک سانولے رنگ کی چھریرے بدن والی لڑکی۔۔۔ اور۔۔۔" وہ اچانک خاموش ہوگیا۔

اب میں کس کس لڑکی کو یاد کروں۔ سانولے رنگ، چھریرے بدن والی لڑکی۔

"کوئی بات نہیں اور نشانی بتاتا ہوں۔۔۔ اس کی گردن پر بائیں جانب ایک سیاہ تل بھی تھا۔۔۔" اس نے کہا۔

اب مجھے پورا یقین ہوگیا کہ وہ مجھے بلیک میل کرنا چاہتا ہے۔ وہ اس لڑکی کا ذکر اس انداز سے کر رہا تھا جیسے وہ اسے بہت ہی قریب سے جانتا ہے اور مجھے دھیرے دھیرے اپنے جال میں پھانس رہا ہے۔

میں نے صاف انکار کر دیا۔

اس نے جیب سے کاغذ کا ایک ٹکڑا نکالا۔

"اسے پہچانتے ہو!" اب اس کی نگاہیں میرے چہرے پر گڑ گئی تھیں۔

اخبار کے اس پرزے پر ایک لڑکی کی تصویر تھی۔ یہ کپڑوں کی کسی فرم کا اشتہار تھا۔

"ہاں! میں نے اسے مختلف قسم کے اشتہاروں میں کئی بار دیکھا ہے۔ شاید یہ ماڈل گرل۔۔۔" میں نے کہا۔

لیکن میں نے اسے پہچان لیا تھا، یہ سونیا تھی۔

"تم اس لڑکی کو کیسے جانتے ہو؟" میں نے اس سے سوال کیا۔ میرا لہجہ جارحانہ تھا۔

"یہ نیچے بہت مہین حروف میں نام پڑھ رہے ہو۔۔۔ میں اس ایڈورٹائزنگ فرم کا مینیجر ہوں۔"

"اوہ!" میں نے سر ہلایا۔

"اس لڑکی کے خدوخال، نقوش اور چہرے میں ایک خاص قسم کا توازن ہے۔ میرے پسندیدہ ماڈلوں میں یہ سب سے زیادہ چارمنگ ہے۔" اس نے پائپ کا ایک لمبا کش لیتے ہوئے کہا۔ وہ آرام کرسی کی بیک پر جھک گیا۔

"میں نے سیکڑوں اشتہار ڈیزائن کیے ہیں اور بیشتر اشتہاروں میں اس لڑکی نے ماڈل کیا ہے۔۔۔ ایک روز۔۔۔ اچانک میری نظر اس کی گردن کے سیاہ تل پر پڑ گئی۔ اس سے پیشتر بھی میں نے یہ تل دیکھا تھا۔ لیکن اس روز اسٹوڈیو کی روشنی کچھ اس زاویے سے اس تل پر پڑی کہ یہ تل اس کی شخصیت کا مرکزی نقطہ بن کر چمک اٹھا۔"

"لیکن ان سب باتوں کا مجھ سے کیا تعلق ہے؟" میں نے کہا۔

"دراصل ان سب باتوں کا مجھ سے بھی کوئی تعلق نہیں۔" وہ بولا، "اس لیے کہ میں ایک پروفیشنل ہوں۔" وہ تھوڑی دیر کے لیے رکا۔ پھر بولا، "اور میرا خیال تھا کہ میں محض ایک پروفیشنل ہوں۔ لیکن میں اس لمحے کو بھی نہیں بھولوں گا جب مجھے اچانک یہ محسوس ہوا کہ میں آدمی بھی ہوں۔ میری زندگی میں کئی ماڈل آئے۔ لیکن کسی نے مجھے یہ احساس نہیں دیا کہ میں آدمی بھی ہوں۔ نرا پروفیشنل ہی نہیں۔ تم جانتے ہو نا ایڈورٹائزر کا کام چیز بیچنا نہیں ہوتا۔ چیز کے تصور کی اشاعت کرنا ہے۔"

"تم کہہ رہے تھے کہ اس کی گردن پر سیاہ تل تھا۔" میں نے اسے ٹوکا۔ میں اس آدمی سے جلد از جلد چھٹکارا حاصل کرنا چاہتا تھا۔ میرے ذہن میں سونیا کی تصویر ایک FLASH کے ساتھ ابھری۔ سونیا کی گردن پر سیاہ تل کتنا خوبصورت معلوم ہوتا تھا۔

شاید اس کی کشش کا تمام تر راز اسی تل میں تھا۔ میرے پیار کی شدت کا اظہار ہی اس کے تل کا لمس تھا۔ لیکن سونیا بڑی ضدی لڑکی تھی۔ میں نے اس سے کئی بار کہا کہ تم یہ ماڈلنگ چھوڑ دو۔ مجھے تمہارے جسم کی یہ عجیب و غریب زاویوں میں اور کبھی کبھی نیم برہنگی کی حالت میں نمائش پسند نہیں لیکن ہر بار اس کا یہی جواب ہوتا کہ خوبصورتی کو گناہ کے تصور سے ملوث نہ کرو۔

"چلو اٹھو۔۔۔ میرے ساتھ چلو۔" اس آدمی نے اچانک کہا۔

"کہاں؟" میں نے پوچھا۔

"جہاں میں لے جاؤں۔"

"پھر بھی۔"

"میں نے کہہ دیانا! چلو میرے ساتھ۔۔۔" اس کی آواز میں درشتی تھی۔

میں جس حالت میں تھا اس کے ساتھ چل دیا۔ مارکیٹ سے ہوتے ہوئے ہم بڑی سڑک پر آ گئے۔ رات کے قریب گیارہ بجے تھے۔ سڑکوں پر ٹریفک خال خال ہی نظر آتی تھی۔ بڑی سڑک سے ہٹ کر ہم ایک تنگ سڑک پر آ گئے۔

"تم مجھے کہاں لیے جا رہے ہو؟" میں نے پوچھا۔ اس نے کوئی جواب نہیں دیا۔ راستے بھر وہ خاموش چلتا رہا جیسے پستول کی نال کی زد پر وہ مجھے کسی خفیہ مقام پر لیے جا رہا ہو۔ اب قبرستان کی چہار دیواری شروع ہو چکی تھی۔ گیٹ پر آ کر وہ تھوڑی دیر کے لیے رکا اور پھر اس کے اندر داخل ہو گیا۔

"قبرستان میں کہاں لیے جا رہے ہو۔۔۔ اتنی رات گئے۔۔۔؟" میں نے کہا۔ اس نے پھر بھی کوئی جواب نہیں دیا۔ چند قدم چل کر وہ ایک قبر کے پاس رک گیا۔ وہ قبر پر دوزانو بیٹھ گیا اور اپنے سینے پر صلیب کا نشان بنایا۔ میں بھی دوزانو بیٹھ گیا اور اس کی پیروی

کرنے لگا۔

چند منٹ وہ خاموش رہا۔ چرچ کی گھڑی نے شاید بارہ بجائے۔ وہ اٹھ کھڑا ہوا۔ جیب سے ٹارچ نکالی اور قبر پر ایستادہ پتھر پر روشنی ڈالی۔

"سونیا۔۔۔" میں چلایا۔

قبر پر لکھا تھا، "سونیا۔۔۔ ۱۹۵۰۔۔۔ ۱۹۷۰۔"

"کیا سونیا مر گئی؟" میں نے آہستہ سے کہا۔ حالانکہ یہ سوال بڑا بے محل تھا۔

"ہاں۔۔۔ میں نے سونیا کو مار دیا ہے۔" وہ بڑی نرمی سے بولا۔

یہ آدمی اس آدمی سے مختلف تھا جو مجھے یہاں تک لایا تھا۔

"تم۔۔۔ تم نے سونیا کا قتل کیا ہے؟ ظالم۔ گناہ گار۔۔۔" میں نے کہا۔

"اور تم نے بھی۔۔۔ ہم دونوں سونیا کے قاتل ہیں۔"

وہ تھوڑی دیر خاموش رہا۔۔۔

"چلو۔ واپس چلیں۔" اور اس نے میرا بازو تھام لیا اور کہنے لگا،

"ایک دن میں سونیا کی تصویریں لے رہا تھا۔ نیل پالش کے ایک PRESTIGE بڑے اشتہار کے لیے۔۔۔ اس کی لمبی لمبی انگلیاں مخملیں کپڑوں پر حرکت کر رہی تھیں۔ گٹار کے تاروں پر لرز رہی تھیں اور میں تصویریں لیے جا رہا تھا۔ اچانک اس نے اپنی انگلیاں اپنی گردن پر رکھ لیں۔ بالکل وہیں جہاں اس کی گردن پر سیاہ تل تھا۔ اور اس نے ایک لمبی سانس لی۔ اتنا مسحور کن چہرہ، اتنی پرکشش ادا میں نے زندگی بھر نہیں دیکھی تھی پلیز ویٹ، جسٹ اے منٹ۔ ون شاٹ اینڈ ویٹ از ڈن۔"

"نو باس! تم اس تل کی تصویر نہیں لے سکتے۔ یہ اشتہار کے لیے نہیں۔" اس نے کہا۔ میں نے بڑا اصرار کیا۔ لیکن اس نے انکار کر دیا۔

"اس سے میری کئی یادیں وابستہ ہیں۔ یہ میرا عزیز ترین سرمایہ ہے۔" اس نے کہا تھا۔ غصے میں آ کر میں نے اس کا کنٹریکٹ کینسل کر دیا۔ اس نے کنٹریکٹ کی خلاف ورزی کی تھی۔ میں نے کہا، "میں تمہارا کیریئر برباد کر دوں گا۔" اس نے کہا، "بے شک۔"

اور میں نے واقعی اس کا کیریئر برباد کر دیا۔ عدالت نے اس کے خلاف فیصلہ دیا۔ اسے ہرجانہ دینا تھا یا دوسری صورت میں اسے میری مرضی کے مطابق تصویر کھنچوانی پڑتی۔۔۔ ہرجانے کے پیسے اس کے پاس تھے نہیں۔۔۔ لہٰذا۔۔۔"

"پھر؟"

"پھر اس کی تصویر، جیسا کہ میں نے چاہا لے لی۔ وہ اشتہار شاہکار ثابت ہوا۔۔۔ سونیا کو پہلے سے زیادہ کنٹریکٹ ملتے گئے۔ لیکن۔۔۔"

"لیکن۔۔۔؟" میں نے پوچھا۔

"اس کے بعد سونیا کی کوئی تصویر نہیں چھپی۔ اچانک اس نے تمام کنٹریکٹ کینسل کر دیے تھے۔"

"لیکن؟" میرے سوال کا جواب ابھی نہیں ملا۔

"لیکن کیا؟ اس تصویر کے بعد اس نے انہیں انگلیوں سے اپنی جان لے لی۔ جو انگلیاں۔۔۔" اور اس نے ایک تصویر میرے ہاتھ میں دیدی۔

یہ سونیا کی تصویر تھی۔۔۔ گردن کے سیاہ تل پر لمبی لمبی چمکتے ناخنوں والی انگلیوں کے نرم لمس تھے۔۔۔

لیکن کیا سونیا واقعی محض ایک پروفیشنل ماڈل تھی۔ میرے دل نے جیسے مجھ سے سوال کیا۔

"میں سونیا کو جانتا ہوں۔ بہت قریب سے۔" میں نے اعتراف کیا، "میں نے سونیا کو

قتل کیا ہے۔"

وہ کچھ نہیں بولا۔۔۔ ہم قبرستان سے باہر نکل چکے تھے۔ سڑکیں اسی طرح ناآسودہ باہوں کی طرح دور تک پھیلتی چلی جارہی تھیں۔ اور ہم دونوں موٹی دھار کی طرح اس پر بہتے چلے جارہے تھے۔۔۔ جہاں لہو ریت میں جذب ہو جاتا ہے۔

***

کالے گلاب کی صلیب

سلویا کے کمرے میں جاتے ہوئے مجھے عجیب سی دہشت محسوس ہونے لگی۔

سلویا کو پہلی بار میں نے ایک پارٹی میں دیکھا تھا۔ پیلے پھولوں والی اسکرٹ اور سرخ بلاؤز میں وہ کتنی شوخ نظر آرہی تھی۔ ایک میز سے دوسری میز تک وہ خوشبو کی طرح تیر رہی تھی۔ عسرت کی لہروں پر جسم کی ناؤ ہچکولے کھارہی تھی۔

اور پھر اس رات کو دیکھا تھا جب میں اداس تھا اور کافی دیر تک سڑکوں پر بے کار گھومتا رہا اور وہ اچانک مجھے ایک کراسنگ پر مل گئی۔ شاید وہ بھی میری طرح تنہا درد لیے بھٹک رہی تھی۔

"رکو۔۔۔ تمہیں گھر جانے کی جلدی تو نہیں۔" اس نے کہا۔

"نہیں تو۔۔۔" شاید اسے معلوم نہیں تھا کہ میرا کوئی گھر نہیں۔

"میں ذرا گھومنا چاہتی ہوں۔"

ہم پیدل انڈیا گیٹ کی طرف چل پڑے۔

"میں کچھ تھک گئی ہوں۔" اس کا چہرہ پیلا اور کمزور تھا۔

میں نے اسے اپنے بازوؤں کا سہارا دینے کی کوشش کی۔

"میرا مطلب جسم کی تھکن سے نہیں۔"

میں نے اپنے ہاتھ کھینچ لیے۔

"سگریٹ پیو گے؟" اس نے پرس سے سگریٹ نکالتے ہوئے کہا۔

"میں نے سگریٹ پینا چھوڑ دیا ہے۔"

"سانس کی شکایت ہے کیا؟"

چاند ابھی عمارتوں کے پیچھے تھا اور بڑی بڑی عمارتوں کے سایے کشادہ سڑکوں پر پھیل رہے تھے۔ انڈیا گیٹ پہنچ کر ہم کافی دیر تک ننگے پاؤں گھاس پر گھومتے رہے تھے۔ نہر کے کنارے چلتے چلتے ہم دونوں کی پرچھائیاں جھلمل جھلمل کر رہی تھیں۔ ایک لمحے کے لیے خواہش ہوئی کہ کہیں اس کی کمر میں ہاتھ ڈال دوں۔ میں نے اس کی طرف دیکھا۔ اس نے میری آنکھوں میں جھانکتے ہوئے کہا،

"میں سمجھتی ہوں۔۔۔ لیکن کیا ہماری تسکین ہو سکتی ہے۔ نہیں کبھی نہیں۔ شاید ایک لمحہ کے لیے۔ لیکن کیا ہم ایک لمحہ کے لیے بھی اپنے کو بھول سکتے ہیں۔ ڈیئر۔ زندگی کی ٹریجڈی یہی ہے کہ ہم اپنی عمر سے کبھی چھوٹے ہوتے ہیں، کبھی بڑے۔ ہماری جہالت بھی ہماری دشمن ہے، ہمارا علم بھی۔۔۔ کچھ سمجھ میں نہیں آتا۔"

وہ جیسے کسی سے بات نہیں کر رہی تھی۔

"کبھی جی چاہتا ہے مکمل خود سپردگی کر دوں۔ اور کبھی ایک جیسے سائنس داں کی طرح زندگی کو دیکھتے چلے جائیں۔۔۔ بالکل دور کھڑے ہوئے۔۔۔ تمہاری خواہش ہوتی ہے کہ تم ستاروں پر کمند ڈالو۔ آخرش تم مٹی کے ذروں پر دم توڑ دیتے ہو۔"

شاید میں اس کی باتوں کا جواب دیتا لیکن وہ مجھ سے مخاطب نہیں تھی۔

"تم سوچتے ہوگے میں بڑی میچیور (METURE) ہوں۔ انٹلکچوئل، پروگریسیو، ماڈرن، میں کچھ بھی نہیں ہوں۔ کاش ہم کسی بچھڑے ہوئے جزیرے کے آدی باسی ہوتے تو شاید اتنے پریشان نہ ہوتے۔ زندگی کے سفر میں کتنے لوگ ملتے ہیں۔ اجنبی اور

جانے پہچانے رشتے بنتے ہیں اور ٹوٹ جاتے ہیں اور ہم محسوس کرتے ہیں کہ ہم کتنے قریب ہیں اور کتنے دور۔ شاید ہم ازل سے تنہا اور ابد تک تنہا رہیں گے۔۔۔"

"لیکن پھر بھی ہم کسی ماورائی رشتے سے ایک دوسرے سے بندھے ہوئے ہیں۔" میں نے کہا۔

"ماورائی رشتے سے یا جسم کے رشتے سے؟" وہ بڑے زور سے ہنسی اور میں پہلی بار کسی کے ہنسی سے اتنا ڈر گیا تھا۔

"کافی دیر ہوگئی ہے۔۔۔ چلیں۔" اس نے اچانک جیسے کسی خیال سے ڈرتے ہوئے کہا۔

ایک طرف روشنیوں کا شہر تھا اور دوسری طرف جنگل کا بھیانک اندھیرا تھا۔ درختوں اور پودوں کے سایے زمین پر سو رہے تھے۔ گھاس پر چاندنی بچھی ہوئی تھی۔ درخت بالکل گم سم کھڑے تھے۔ ہر چیز چاندنی میں ڈھلی ہوئی تھی۔ ہوا میں خشکی اور چاندنی کا غبار تحلیل تھا۔ اور مکمل سناٹا تھا اور جسم جیسے بالکل سن ہو چکے تھے۔ ایک برق رو جھٹکے کے بعد۔

سلویا اپنے خوابوں کو حقیقت سمجھ کر جی رہی تھی۔ اور ایک دن جب اسے اچانک احساس ہوا کہ اس کے تصور اور حقیقت میں ایک وسیع خلیج حائل ہے اور وہ اس پر نہ اپنی بانہوں کا پل باندھ سکتی ہے اور نہ روح کا ڈورا تو وہ مایوس ہوگئی اور زندگی اس کے لیے ایک بے معنی، بے منزل، چھٹ پٹاہٹ کے سوا کچھ نہ رہ گئی۔ موہن لاتریک کو پولیس اسی دن پکڑ لے گئی جب سلویا نے خودکشی کی تھی۔ کتنا بے رحم اور کتنا جذباتی تھا موہن لاتریک۔

میں کمرے میں اکیلا رہ گیا تھا ہمیشہ کی طرح تنہا، اس کمرے میں موہن لاتریک کی بنائی ہوئی تصویریں تھیں۔ رات کے اندھیرے میں اڑتے ہوئے پراسرار اجنبی پرندے،

انسانوں اور جانوروں کے کٹے پھٹے مسخ چہرے، گہرے گھنے جنگل اور گہری اندھیری غاریں اور صلیب کانشان ہر چہرے پر، ہر پھول پر، ہر پرندے کے پنکھ پر۔ کمرے میں تصویریں تھیں اور سلویا کے آرائش اور زیبائش کی چیزیں تھیں۔ ادھر ادھر گہری، بکھری ہوئیں، آرام کرسی اور چائے کی پیالیاں تھیں۔ اوندھے منہ پڑی ہوئیں۔ خون کے دھبے تھے۔ سیاہ جمے ہوئے اور گوتم بدھ کا کانسے کا مجسمہ تھا۔ اور ٹوٹے ہوئے قد آدم آئینے میں ایک چہرہ منعکس تھا۔ جذبات سے عاری، اندھا۔ میرا یا سلویا کا یا شاید موہن لاتریک کا۔ یا سب کا ملا جلا ایک چہرہ اور میں گھبرا کر کمرے سے باہر نکل آیا۔

جب میں آخری بار اپنے کمرے میں واپس آیا تو مجھے محسوس ہوا کہ کمرے کی سب چیزیں حرکت میں ہیں۔ تصویروں کے پرندے عالم بے قراری میں دیواروں سے ٹکرا رہے تھے۔ آئینے میں موہن لاتریک اور سلویا کا اور میرا چہرہ گردش میں تھا، اور کونے میں پڑا گوتم بدھ کا مجسمہ کہہ رہا تھا۔ بدھم شرنم گچھامی۔

اور پھر میں نے اپنے آپ کو عدالت کے کمرے میں پایا جہاں موہن لاتریک کٹہرے میں کھڑا تھا۔

کورٹ روم میں داخل ہوتے ہی مجھے کسی سیلاب زدہ مکان کی یاد آئی۔ خستہ حال دیواریں، جابجا اکھڑا ہوا پلستر، بوسیدہ فرش، سیلایا، ایک پرانا شکستہ بنچ اور ایک میل خوردہ کرسی، سارے ماحول پر سیلن، میل اور اندھیرے کا سایہ تھا۔ معلوم ہوا کہ مجسٹریٹ صاحب لنچ کے بعد تشریف لائیں گے اور ان کچھ گھنٹوں کا انتظار بغیر کچھ کیے، گھومے، سوچے کتنا اذیت ناک ہوتا ہے۔ لنچ کے بعد مجسٹریٹ صاحب تشریف لائے۔ لکڑی کے جنگلے کے پیچھے ڈائس پر وہ بیٹھ گئے۔ کٹہرے میں موہن لاتریک کھڑا تھا۔ اور فائلوں سے بھری الماری، بڑے سے کلاک اور دھول سے اٹے کیلنڈر کو دیکھ رہا تھا جو دیوار کا ہی حصہ

بن چکا تھا۔

مجسٹریٹ صاحب نے موہن لاتریک کو غور سے دیکھا۔ اس کا حسب نسب دریافت کیا اور کچھ کاغذی خانہ پوری کی۔ الزامات کی فہرست پڑھ کر سنائی گئی۔ موہن لاتریک نے کوئی خاص دھیان نہیں دیا۔ اس وقت میرے ذہن میں نہ معلوم کیوں بادلوں کے پیچھے اونچائی میں اڑتے ہوئے ہوائی جہاز کی تصویر گھوم رہی تھی۔ ایک دم مجسٹریٹ صاحب کی آواز نے مجھے چونکا دیا۔

"کیا آپ اقبال کرتے ہیں؟"

"جی ہاں۔" وہ چونک پڑے۔ موہن لاتریک کا وکیل رومال سے عینک صاف کرنے لگا۔

"کیا؟" اس کی آواز آئی۔ وکیل استغاثہ اس کی طرف غور سے دیکھنے لگا۔

"کیا آپ اقبال جرم کرتے ہیں؟"

"جی ہاں۔۔۔ میں اقبال کرتا ہوں۔" اور وہ یوں ہی مسکرا دیا۔ مجسٹریٹ صاحب نے وکیل کی طرف دیکھا۔

"معاف کیجیے گا۔ یوں ہی کچھ یاد آگیا۔" موہن لاتریک نے کہا۔ وکیل صاحب نے کچھ کہنے کے لیے ہونٹ ہلائے۔ موہن لاتریک فوراً بولا، "آپ کیس لڑنا چاہتے ہیں لیکن مجھے کوئی دلچسپی نہیں۔"

مجسٹریٹ صاحب چند منٹوں تک کاغذ پر نظریں ٹکائے کچھ سوچتے رہے۔ استغاثے کا وکیل بحث کرتا رہا۔ ظاہر ہے جب موہن لاتریک کو کیس میں دلچسپی نہیں ہے تو اور کسے ہو سکتی ہے۔ لاتعلقی سے تعلق پیدا نہیں ہو سکتا۔

جب ہم کورٹ روم سے باہر آئے تو وکیل صاحب نے سوال کیا، "یہ آپ نے

کیا کیا؟ کیس تو کچھ بھی نہیں تھا، آپ باعزت رہا ہو جاتے۔ خیر اب بھی کوشش کروں گا۔"

موہن لا تریک نے بے تعلقی سے جواب دیا، "شاید آپ ٹھیک کہتے ہیں لیکن اس گرمی میں، آسیب زدہ ماحول میں مجھے وحشت محسوس ہوتی ہے اور مجھ میں اتنی ہمت نہیں کہ میں بار بار اس کمرے کی زیارت کر سکوں۔"

"پتھر کا فرش، پتھر کی دیواریں اور پتھر کا بستر۔ لوہے کے دروازے اور سلاخوں والی کھڑکی اور ایک گوشت پوشت کا سانس لیتا آدمی۔ کبھی کبھی کوئی سایہ سلاخوں کے باہر سے گزرتا نظر آجاتا ہے۔ اور لوہے کے دروازے کے سوراخ سے کھانا اندر آجاتا ہے اور چاروں طرف اونچی اونچی دیواریں، جس کے باہر ساری دنیا تھی اور جس کے اندر سہمی ہوئی زندگی تھی۔ رات کی تنہائی میں کوئی لالٹین لیے سلاخوں میں سے اندر جھانک جاتا ہے کہ تم زندہ ہو۔ موجود ہو اور دور سے آوازیں آتی ہیں۔ جنگلا، تالا، بتی سب ٹھیک ہے۔ اور رات کے سناٹے میں وقت کی آواز دیر تک گونجتی رہتی ہے۔"

موہن لا تریک جب ملا تو اس نے کہا تھا۔

ایک دن گھومتے گھومتے میں پھر قبرستان پہنچ گیا، جہاں سلویا کی قبر تھی۔ رات سرد اندھیری تھی۔ سوکھے پتے زمین پر اڑ رہے تھے۔ میرے قدموں تلے پتے کھڑ کھڑانے کی آوازیں اس سناٹے میں صاف سنائی دیتی تھی۔ مجھے ایسا لگا کہ سلویا کی قبر سے ایک سایہ سا لپک کر سامنے پیڑ کے پیچھے چھپ گیا ہے۔ میں ٹھٹک گیا۔ پیڑ سے سایہ پھر نمودار ہو اور سلویا کی قبر پر پریت کی طرح چھا گیا۔ قبر پر کالے گلاب کے پھولوں کی صلیب پڑی تھی۔ یہ کون ہے جو اتنی رات گئے سلویا کی قبر پر بھوت سا منڈلا رہا ہے۔ میں نے دیکھا وہ آدمی قبر کے پاس دوزانو بیٹھ گیا۔ اس کی چھاتی پر چاندی کی ننھی سی صلیب

لٹک رہی تھی۔ لیکن تعجب کی بات یہ تھی کہ وہ سادھوؤں کے گیروے کپڑے پہنے ہوئے تھا۔ میرے سر کے پاس سے کوئی پرندہ ایک دم اڑ گیا۔ میں سہم کر پیچھے ہٹا۔ پتے شور سے کھڑ کھڑائے۔

"کون؟" سادھو نے یک لخت مڑ کر پکارا۔

"ایک آدمی!" میں نے جواب دیا۔

میں نے غور سے سادھو کی طرف دیکھا۔ صاف کھلتا ہوا چہرہ۔ چمکتی ہوئی تیز آنکھیں۔ میرے منہ سے اچانک نکل گیا۔ موہن لاتریک!

"گورودیو!" وہ چلایا اور مجھ سے لپٹ گیا۔ تھوڑی دیر تک ہم بالکل خاموشی رہے۔

"گورودیو۔ تم یہاں کیسے؟" اس نے پوچھا۔

"اور تم؟" میں نے کہا۔

"لیکن تم تو ستھت پرگیہ ہو چکے تھے۔" وہ بولا۔

"لیکن پرگیہ سے محروم تو نہیں ہوا؟" میں نے کہا۔

"یہ سب کیا ہے لاتریک؟" میں نے پوچھا۔

"یہ سب کیا ہے؟" وہ بولا، "میں کیا ہوں؟ تم کیا ہو؟ یہ زندگی کیا ہے؟ میں کیوں زندہ ہوں؟ موت کیا ہے؟ عشق کسے کہتے ہیں؟ آدمی کیا ہے؟ روح کیا ہے؟ ایشور کہاں ہے؟ دوزخ کیا ہوتی ہے؟ جسم کی جنت کیا چیز ہے؟ زندگی نے مجھ سے کئی سوال کیے۔ اس کا کوئی جواب میرے پاس نہیں اور سوال ہیں کہ بڑھتے جاتے ہیں اور میں برسوں سے ان سوالوں کے جواب کی تلاش میں گھوم رہا ہوں۔"

اس نے کسی پہنچے ہوئے سادھو کی طرح کہا۔ اس نے سلویا کی قبر سے ایک پھول اٹھایا اور مجھے پیش کیا۔

"لیکن۔۔۔"میں مکمل طور پر گڑ بڑا گیا۔

"تم جانتے ہو گرو دیو۔ سلویا کا آئینہ اندھا ہو گیا تھا۔"اس نے کہا۔

"یہ تم سب کیا کہہ رہے ہو لاتریک؟"میری سمجھ میں کچھ نہیں آرہا تھا۔

"ایک روز اپنے شب خوابی کے لباس میں سلویا میرے پاس چلاتی ہوئی آئی تھی۔ اس کے ہاتھوں میں روج کی ڈبیا تھی اور وہ کہہ رہی تھی، لاتریک آئینہ یک لخت اندھا ہو گیا ہے۔ مجھے کچھ دکھائی نہیں دیتا۔ میں نے پوچھا۔ کیوں کیا ہوا؟ وہ بولی میں اپنے چہرے کی آرائش کر رہی تھی کہ کیا دیکھتی ہوں آئینے میں ایک بہت خوبصورت پری مسکرا رہی ہے۔ اس نے مجھے اپنے پاس بلانے کا اشارہ کیا۔ میں اس کی جانب لپکی اور کیا دیکھتی ہوں کہ آئینہ اندھا ہو چکا تھا اور پری غائب ہو چکی تھی۔ پھر سلویا واپس اپنے کمرے میں لوٹ گئی اور بستر پر اوندھے منہ پڑی پڑی روتی رہی۔"

موہن لاتریک کہہ رہا تھا اور میں قبرستان کے عظیم سناٹے میں خوف زدہ حیرت سے کبھی اسے دیکھتا اور کبھی سلویا کی قبر کو۔

"سلویا اپنے چہرے کی تلاش میں تھی۔ اپنے اصلی چہرے کی۔ لیکن اسے اپنا اصلی چہرہ نہیں مل رہا تھا اور وہ گھنٹوں آئینے کے سامنے بیٹھی اپنے چہرے کو پہچاننے کی کوشش کرتی رہی۔ اس کی خواہش تھی کہ میں اس کا پورٹریٹ بنادوں۔ کاش میں چہرے کی تصویر اتار سکتا۔"موہن لاتریک نے میری آنکھوں میں آنکھیں ڈالتے ہوئے کہا۔

"اور یہ تمہارے گیروے کپڑے اور چھاتی پر لٹکی صلیب۔"میں نے پوچھا۔

اس نے کہا، "میں نے ایک خواب دیکھا تھا۔ بڑا بھیانک خواب۔ اس رات جب سلویا نے خودکشی کرلی تھی۔"

موہن لاتریک نے مجھے اپنا خواب سنایا۔

"میں کیا دیکھتا ہوں کہ بڑے زور کا زلزلہ آیا۔ چھت کی کڑیاں چیخ جاتی ہیں۔ اینٹیں اور شہتیر فرش پر آگرتے ہیں۔ میں، میری تصویریں اور بدھ کا مجسمہ ملبے کے ڈھیر کے نیچے دب جاتے ہیں۔ میں زور زور سے چیختا ہوں۔ چلاتا ہوں۔ بوجھ اور درد سے کراہتا ہوں۔ لیکن کوئی میری آواز نہیں سنتا۔ میری آواز میرے ہی جسم سے ٹکرا کر واپس آجاتی ہے اور دم توڑ دیتی ہے۔ مجھے بس ایسا محسوس ہو تا رہا ہے کہ میرے جسم کے اوپر پتھر کی بھاری چٹانیں ہیں اور پھر ایک آخری دھماکے کی آواز سنائی دیتی ہے۔

پھر چیخ، پھر قہقہہ اور پھر جیسے سارے عالم کے کتے بھونکنے لگتے ہیں اور میں ملبے کے ڈھیر کے نیچے پتھر کی بھاری چٹانوں کے نیچے دھماکے کی گونج، چیخ، قہقہے اور کتوں کے بھونکنے کی آوازوں میں گھرا سسک سسک کر دم توڑ دیتا ہوں۔ یہ مردوں کی بستی ہے جہاں ہر چیز مردہ ہے، سوائے جھلسے ہوئے آدمی کے چہرے کے، جو ہیروشیما کی چٹان پر ابھی تک منعکس ہے۔ پھر جانتے ہو کیا دیکھتا ہوں۔ میرے بالکل قریب جسم کے دائرے میں دبکی ایک سیاہ بلی بیٹھی ہوئی ہے، خوف زدہ، جیسے کسی اچانک حملے سے ڈر کر سمٹ کر بیٹھ گئی ہو۔ اور وہ ایک دم اٹھ کر کھڑی ہو گئی۔ میں بے اختیار چلاتا ہوں۔ اور میرا خواب ٹوٹ جاتا ہے۔ اور تم کہاں تھے گورودیو؟"

میں نے دیکھا موہن لال تریک پسینے سے تربتر تھا۔ جیسے واقعی دوزخ کی آگ میں سے نکل کر آیا ہو۔

ہم قبرستان سے بہت دور نکل چکے تھے۔ وہ مجھے وہاں لے گیا جہاں وہ ان دنوں پناہ گزیں تھا۔ ایک ٹوٹے پھوٹے مکان کے برآمدے میں جس کے سامنے ایک بوڑھے شیشم کا ایک درخت پہرہ دے رہا تھا۔

"لوگ کہتے ہیں کہ اس درخت پر بھوت بستے ہیں اور ہر رات کو اس مکان کے

آنگن میں ناچتے ہیں" موہن لاتریک نے کہا۔

"کیا تم نے بھوت دیکھے ہیں؟" میں نے پوچھا۔

"نہیں۔" وہ بولا، "لیکن میں نے انہیں باتیں کرتے سنا ہے، ناچتے ہوئے، گاتے ہوئے، آؤ اور قریب آؤ۔ تمہیں بتاؤں۔ سنو۔"

وہ مجھے مکان کے آنگن میں لے گیا۔ اجڑا ہوا مکان، جو واقعی بھوتوں کا مسکن معلوم ہوتا تھا۔ پرانی خستہ دیواریں۔ دھوئیں اور دھول سے سیاہ اور میل سے اٹا اور جگہ جگہ سے اکھڑا۔ سلین بھرا۔ ایک کھڑکی میں اکیلا کبوتر بیٹھا تھا اور فرش پر ایک نیولا ادھر ادھر بھاگ رہا تھا۔ ایک کونے میں دو تین آدمی گانجے کے نشے میں دھت آگ تاپ رہے تھے۔ شعلوں کی لو میں ان کی لپکتی ہوئی پرچھائیاں موہن لاتریک کی تصویروں کی طرح ابھر مٹ رہی تھیں۔

بالکل خاموش، بے حرکت، بے نور بوڑھے چہرے جیسے آدم کے ساتھ ان کا جنم ہوا ہو اور یگوں یگوں سے وہ اسی طرح خاموش، بے حرکت بیٹھے آگ تاپ رہے ہیں۔ آگ جو متواتر جلتی جا رہی ہے اور چہرے جو زیادہ بوڑھے ہوتے جا رہے ہیں۔ بے نور، بد شکل۔

"کچھ سنا تم نے۔" موہن لاتریک نے پوچھا۔

"نہیں یہاں تو مکمل سناٹا ہے۔" میں نے حیرت سے کہا۔

میں ہمہ تن گوش ہو گیا لیکن وہاں تو واقعی گہری خاموشی تھی۔ میں نے نفی میں سر ہلا دیا۔ موہن لاتریک زور سے ہنسا۔ بالکل پاگلوں کی ہنسی۔ میں سہم گیا۔

سب چہرے ایک دم حرکت میں آ گئے۔ جیسے تصویریں زندہ ہو گئی ہوں۔ سب آدمی اٹھ کھڑے ہوئے۔ اور الاؤ کے گرد تالیاں بجا بجا کر ناچنے لگے۔ شعلے اور سایے ایک دوسرے کو ڈسنے لگے۔ وہ زور زور سے گا رہے تھے۔

سولی اوپر سیج پیا کی کیسے سونا ہو رے

ہے ری میں تو۔۔۔

خوف نے جیسے مجھے جکڑ لیا۔ میں تیزی سے باہر کی طرف لپکا اور تیز تیز قدموں سے بھاگنے لگا۔ جیسے میرے پیچھے ناچتے گاتے شور مچاتے بھوت دوڑتے آ رہے ہیں۔ ان کی آوازیں دور تک میرا پیچھا کرتی رہیں۔ اور پھر یہ آوازیں مدھم ہوتے ہوتے اندھیرے میں ڈوب گئیں۔ میں رک کر گہری گہری سانسیں لینے لگا۔

موہن لال تریک کے قہقہے ابھی تک میرا تعاقب کر رہے تھے۔

***

پرانی تصویر نئے رنگ

ٹن، رات کے گیارہ بجتے ہیں۔ سامنے مکان کا در کھلتا ہے اور دو آنکھیں باہر جھانکتی ہیں۔ میں بجلی کے کھمبے تلے ایک لمحے کے لیے رکتا ہوں اور پھر آگے بڑھ جاتا ہوں۔ ایک رات، دو راتیں، تین راتیں، اس طرح کئی راتیں بیت گئیں، ٹن، رات کے ساڑھے گیارہ بجتے ہیں، سامنے مکان کا در کھلتا ہے، دو آنکھیں باہر جھانکتی ہیں، میں بجلی کے کھمبے تلے ایک لمحے کے لیے رکتا ہوں اور پھر آگے بڑھ جاتا ہوں۔ اور اس ایک لمحے میں وقت کی رفتار جیسے ٹھٹک کے تھم جاتی ہے۔

جب میں پہلی بار اس راستے سے گزرا تھا تو دور پیلے مکان کے پیچھے چاند نمودار ہو رہا تھا اور مکان کے سایے ریمبراں کی تصویروں کی طرح گلی، فٹ پاتھ اور سڑک پر پھیلے ہوئے تھے۔ سامنے والے مکان کی دائیں طرف شیشم کا درخت سر جھکائے خاموش کھڑا تھا، جیسے کسی گہرے سکوت کی آواز سن رہا ہو اور بجلی کا کھمبا اوپر ہی اوپر اٹھتا چلا جا رہا تھا۔ خاموشی، تنہائی اور اندھیرا، سب دروازے اپنے اندر غم اور خوشیاں سمیٹ کر بند ہو چکے تھے۔ دروازہ دھیرے سے کھلتا ہے خاموشی کی صدا بن کر، اندھیرے میں کرن پھوٹتی ہے اور تنہائی کے سوز میں ساز بجتا ہے۔

سو بھ تم آگئے، سایے اور روشنی ایک دوسرے میں پیوست ہو جاتے ہیں۔ اور نوجوان مرد نے کوٹرائے کی بھوری پتلون اور کھلے کالر والی سرخ قمیص پہن رکھی ہے۔

اس کے پاؤں میں چپل ہے اور سر کے بڑھے ہوئے بال بے ترتیبی سے سنورے ہوئے ہیں۔ اس کی آنکھیں چھوٹی چھوٹی مگر تیز ہیں جیسے پارہ چمک رہا ہو۔ وہ لڑکی کی پیشانی چوم لیتا ہے۔ لڑکی نے ہلکے نیلے رنگ کی ساڑی پہنی ہوئی ہے۔ اس کے سیاہ کھلے رنگ بال شانوں پر بکھرے ہوئے ہیں۔ لڑکی خوبصورت حسین جاذب توجہ ہے۔ انہوں نے ایک دوسرے کی طرف دیکھا اور مسکرا دیے۔

"شیل" نوجوان نے دھیرے سے کہا اور اس کا ہاتھ پکڑ لیا۔ وہ دیوار کے سائے میں کھڑے ہو گئے۔ رات کتنی حسین ہے۔ شیل نے کہا۔ وہ رات حسین ہوتی ہے جب حسن۔ شیل کے رخساروں پر حیا کی سرخی دوڑ گئی۔ اس نے اپنی لمبی لمبی پلکیں جھکا لیں۔ دیوار کا سایہ پیچھے سرک گیا اور چاند کی روشنی آگے بڑھ گئی۔

"بہت دنوں بعد آئے ہو۔" شیل نے نوجوان کی قمیض کے کالر کی شکن درست کرتے ہوئے کہا۔

"تمہاری تصویر بنا رہا تھا۔"

"ہوں دیکھو کتنے دبلے ہو گئے ہو۔ کبھی آئینہ دیکھا؟"

"آئینہ دیکھنے کی کسے فرصت ہے اور آئینہ تو صرف چہرے کا روپ دکھاتا ہے۔"

اس نے دونوں ہاتھوں سے شیل کا چہرہ اوپر اٹھا لیا۔

"میرے پاؤں میں خرابی ہے نا، اس لیے میں اپنے پاؤں پر کھڑا نہیں ہو سکتا۔" نوجوان مسکرایا۔ میں نے نوجوان کے پاؤں کی طرف دیکھا۔ مجھے کوئی خرابی نظر نہیں آئی۔

"آؤ! کچھ باتیں، لمحے جو وقت کی رفتار سے چرائے ہیں، انہیں اپنے پیار سے بھر لیں۔۔۔" اور نوجوان نے شیل کے ہونٹوں کو چھو لیا۔

"ایسے معلوم ہوتا ہے جیسے موم سے تراشے گئے ہوں۔ میں آج کل موم کی مورتیں بنا رہا ہوں۔" نوجوان نے اس کے ہونٹوں کے کناروں کو اپنی لمبی لمبی انگلیوں سے چھو کر کہا۔ شیل نے اس کے سینے پر سر رکھ کر آنکھیں بند کر لیں۔

"سوبھ، مجھے کبھی کبھی ایسا معلوم ہوتا ہے۔۔۔"

"غم نہ کرو شیل۔۔۔" سوبھ نے اسے سینے سے لگالیا، "انسان اس حقیقت سے زندہ نہیں رہتا جسے اس نے پالیا ہے، بلکہ اس تصویر سے، جسے وہ حقیقت کا روپ دینے کے لیے، روشنی اور سائے کے سنگم پر رکتا ہے اور وقت کے رک جانے کے انتظار کا کرب برداشت کر رہا ہے۔"

روشنی اور سائے کے سنگم پر وقت کے رک جانے کے انتظار کا کرب، میں نے سوبھ اور شیل طرف دیکھا۔ شیل کی آنکھوں میں آنسو تھے اور سوجھ کے چہرے پر فکر کی لکیریں اور ایک سمٹی ہوئی پرچھائیں کی طرح اندھیرے میں گم ہو گئے۔ وہاں کوئی نہیں تھا۔ شیل، سوبھ شاید پھر سائے بن کر زمین میں جذب ہو گئے تھے یا شاید روشنی میں تحلیل ہو گئے تھے۔ یہ خواب تھا یا حقیقت یا محض ایک تصویر جو دل کے نہاں خانے میں حقیقت بننے کے لیے تڑپ رہی ہے۔ میں تھوڑی دیر بجلی کے کھمبے کے ساتھ لگ کر کھڑا رہا اور اس پر اپنے ہونٹ رکھ دیے۔ بڑے خوش نصیب ہو دوست، میں نے کھمبے سے کہا اور چلا آیا۔

اس بات کو کئی دن بیت گئے۔ میں اس راستے سے کئی بار گزرا، لیکن وقت کی رفتار سے چرائے ہوئے ان لمحوں میں اپنے پاؤں کی آہٹ شامل کر کے انہیں ڈرانا نہیں چاہتا تھا۔ اس لیے آگے بڑھ جاتا تھا۔

ہاں کبھی کبھی بجلی کے کھمبے کو چوم لینے کی ابنارمل خواہش کو نہیں روک سکتا۔ ایک

رات بارش نے مجھے راستے میں گھیر لیا۔ میں لپک کے بغل والے ریستوراں میں داخل ہو گیا۔ اس ریستواراں میں وہی لوگ آتے ہیں جن کے سینے حسرتوں کے مدفن ہیں۔ معلوم نہیں اس ریستوراں میں وہ کون سی قوت تھی، جو ہر غم کو اپنے اندر جذب کر لیتی تھی۔ میں نے چائے کا آرڈر دیا اور اپنے خیالوں میں کھو گیا۔ اتنے میں کسی کے قدموں کی آواز آئی۔ بالکونی سے ایک مرد اور عورت سیڑھیاں اتر رہے تھے۔ مرد کے بال الجھے ہوئے تھے۔ اس کے کپڑے شکن آلود تھے اور اس کی چھوٹی چھوٹی آنکھیں بند ہو رہی تھیں۔ اس کے ہاتھ میں سگریٹ کا آخری حصہ تھا۔ اسے دیکھ کر ایسا احساس ہوتا تھا کہ وہ دن بھر آندھی میں کھڑا رہا ہے اور اب اچانک کمرے میں آگیا ہے۔ عورت نے سرخ بھڑکیلی ساڑی اور لوکٹ سیاہ بلاؤز پہن رکھا تھا۔ اس کے چہرے پر سرخی اور غازہ اس طرح بکھرے ہوئے تھے جیسے برش صاف کرنے والے کپڑے پر رنگ کے دھبے ہوتے ہیں۔ عورت کے لباس کو دیکھ کر مجھے برہنگی کا احساس ہوتا تھا۔

وہ میرے سامنے والی میز پر بیٹھ گئے۔ مرد نے دو پیگ کا آرڈر دیا اور میز پر سر رکھ کر بیٹھ گیا۔ عورت بے حجاب نظروں سے چاروں طرف دیکھ رہی تھی۔ میز پر گلاس رکھنے کی آواز سے وہ چونکا۔ اس نے سر اٹھایا اور سگریٹ سلگایا۔ پہلی بار میں نے اس کے چہرے کی طرف غور سے دیکھا۔ اس کے چہرے کے نقوش جانے پہچانے سے معلوم ہوئے۔ پارے کی طرح حرکت کرتی چھوٹی چھوٹی تیز آنکھیں میں نے یاد کرنے کی کوشش کی کہ اسے کہاں دیکھا ہے۔ اوہ یہ تو سوبھ ہے۔

اس شکستہ حالت میں، اسے کیا ہو گیا؟

یہ ساتھ کون ہے؟ یہ شیل تو نہیں۔ کوئی فاحشہ نظر آتی ہے۔ میں نے اس عورت کی طرف دیکھا۔ وہ ہنس دی۔ سوبھ نے اس کی مسکراہٹ کا تعاقب کیا اور سگریٹ سلگانے لگا

حالانکہ وہ مجھے نہیں جانتا تھا۔ عورت نے ایک گھونٹ ہی میں گلاس ختم کر دیا اور سوبھ دھیرے دھیرے پیتا رہا اور نشے کی حالت میں وہ میز پر لیٹ سا گیا۔

بیرے نے بل پیش کیا۔

"پیسے نہیں ہیں۔" سوبھ نے کہا۔

بیرے نے سمجھا نشے میں ہے۔ اس نے بل آگے بڑھا دیا۔

"کہہ دیا پیسے نہیں ہیں۔" یہ کہہ کر وہ پھر لیٹ گیا۔

بیرا ریستوران کے مالک کے پاس گیا اور وہ دوڑتا ہوا آیا۔

"جناب نشے میں ہیں۔ زیادہ پی ہے۔ بل حاضر ہے۔" منیجر نے نہایت عاجزی سے بل سوبھ کی جانب بڑھایا۔ لیکن اس نے کوئی حرکت نہ کی۔

"میں آپ سے مخاطب ہوں جناب۔" منیجر کے لہجہ میں درشتی تھی۔

"کیا یہاں سب بہرے ہیں۔ کوئی نہیں سنتا۔ پیسے نہیں۔" وہ چلایا۔

"کیا مطلب؟" منیجر غصے میں تھا۔

"مطلب۔ جتنے پیسے ملے، صاحب کو دے دیے۔" اور پھر اس نے اپنی دونوں جیبیں الٹ دیں۔

"تو پھر آپ نے آرڈر کیوں دیا؟" منیجر غرایا۔

"ایک نشے کو دوسرے نشے سے کم کرنے کے لیے۔"

"یہاں فلاسفی نہیں چلے گی مسٹر۔" اور منیجر نے اس کے منہ پر طمانچہ رسید کیا۔

"تو یہ چلے گا۔ میں اس کا عادی نہیں۔"

"گڈ بائی۔" سوبھ اپنا گال سہلاتا ہوا اٹھنے لگا۔ منیجر نے روک لیا اور اس دوران میں وہ عورت ریستوران سے باہر جا چکی تھی۔ مجھے یہ منظر بڑا عجیب سا لگا۔ میں منیجر کے پاس

گیا۔ اس کے ہاتھ سے بل لیا۔ تین روپے کچھ آنے تھے۔ میں نے پیسے نکالے اور بیرے کے ہاتھ میں دے دیے۔

"شکریہ!" منیجر نے کہا، "کیا آپ انہیں جانتے ہیں؟"

"ہاں۔ میرا دوست ہے، زیادہ پی لی ہے۔"

"جھوٹ۔ میں نے زیادہ نہیں پی۔ صرف ایک پیگ۔ حقیقت یہ ہے صاحب پیسے نہیں، معلوم نہیں لوگ سچ کو سچ کیوں نہیں مانتے۔" اس نے میری طرف دیکھا۔ کتنا احسان فراموش ہے یہ شخص، مجھے اس پر انتہائی غصہ آیا لیکن میں نے ضبط سے کام لیا۔

"تم کوئی شریف آدمی نظر آتے ہو۔" اس نے کہا۔

"اور تم کوئی بدمعاش؟"

وہ مسکرایا۔ شکریہ گڈبائی۔ اس نے کہا اور باہر چلا گیا۔ دروازے پر وہ رکا۔ اس نے ایک بار منیجر کی طرف دیکھا اور دہلیز پر تھوک دیا اور باہر نکل گیا۔ جب وہ باہر نکلا تو میں نے دیکھا، وہ ایک پاؤں سے لنگڑاتا تھا۔ میں بڑی عجیب حالت میں تھا۔ کیا یہ وہی ہے جسے اس روز چاندنی رات میں میں نے دیکھا تھا۔ نہیں، یہ وہ آدمی نہیں ہو سکتا۔ ان دو آدمیوں میں رنگ روپ، خدوخال کے علاوہ اور کوئی مشابہت نہیں۔ چاندنی رات دیوار کے سائے میں کھڑا سوبھ نرم دل، ذہین، نفاست پسند، پیار کرنے والا نوجوان تھا اور ریستوران کی اس چاردیواری میں نظر آنے والا سوبھ لاابالی اور سنکی نوجوان ہے، جس نے نفرت سے دہلیز پر تھوک دیا ہے۔

میں نے میز سے اپنا سگریٹ کیس اٹھایا اور باہر نکل آیا۔ وہ دروازے پر ہی کھڑا تھا۔ اس نے میرے ہاتھ میں کاغذ کا ایک پرزہ دیا۔ وہ ایک لمحے کے لیے رکا اور پھر آگے بڑھا۔ میں نے کاغذ کو الٹ کر دیکھا، یہ میرا چارکول اسکیچ تھا۔ مجھے محسوس ہوا کہ بڑی مدت سے

میں اپنے ذہن میں جو اپنی تصویر بنا رہا تھا، یہ اس کا خاکہ ہے۔ اسکیچ میں میری آنکھیں میرے چہرے پر نہیں، میرے سینے پر ہیں۔

"یہ کیا ہے؟" میں پوچھا۔

وہ رکا۔

"میں رقم واپس نہیں کر سکتا۔" اس نے کہا۔ اس کے لہجے میں نمایاں تبدیلی آگئی تھی۔

"تم نشے میں بالکل بدل جاتے ہو۔" میں نے کہا۔

"کیا آپ مجھے جانتے ہیں؟" اس نے تعجب ظاہر کیا۔

"ہاں۔ ایک روز چاندنی رات میں دیوار کے سائے میں تمہیں اور شیل کو۔۔۔"

وہ چونکا نہیں۔ اس نے میری طرف ایک لمحے کے لیے دیکھا اور نگاہیں جھکالیں۔

"اور آج تمہیں ایک فاحشہ کے ساتھ دیکھ کر۔"

وہ خاموش رہا۔

"کیا تم ایک لڑکی کے جذبات سے کھیل کر اپنی ہوس کی آگ۔۔۔" میرے لہجے میں درشتی تھی۔

"مسٹر آپ نے میرا بل ادا کیا ہے۔ اس کا یہ مطلب نہیں کہ آپ میری توہین کریں۔" وہ سانپ کی طرح چوٹ کھا کر بولا۔

میں اسے مزید پریشان کرنا چاہتا تھا۔

"کیا یہ جھوٹ ہے کہ رات رات بھر شراب کے نشے میں چور بازاری عورتوں کے جسموں سے لپٹے رہنے کے بعد بھی تم کہتے ہو کہ تمہیں شیل سے پیار ہے۔"

اس نے اثبات میں سر ہلا دیا۔ اس کے چہرے پر غم کی لکیریں کھنچ گئیں۔

"تم انتہائی کمینے انسان ہو۔"

"اگر میرے پاس پستول ہوتی تو تمہیں گولی سے اڑادیتا۔"

وہ کافی دیر خاموش رہا۔ اس نے اپنی پتلون کی جیب میں ہاتھ ڈالا جیسے پستول نکال رہا ہو۔

"میں خود ہی اپنے کو گولی سے اڑادیتا لیکن اس کا تصور آتے ہی رک جاتا ہوں۔"

تھوڑی دیر خاموش رہنے کے بعد وہ بولا، "ایک بار میں نے خودکشی کا ارادہ کیا تھا لیکن اس وقت میرے پاس پستول نہیں تھا۔"

"جب تک دماغ کے پرزے نہ اڑیں، مجھے مرنا پسند نہیں۔" وہ خاموش ہو گیا۔

میں بالکل الجھ گیا۔

"میں اپنا دل و دماغ، روح، جسم سب کچھ شیل کو سونپ چکا ہوں اور اس نے بھی مجھے اپنا سب کچھ ارپن کر دیا ہے۔ کبھی کبھی مجھے ایسا محسوس ہوتا ہے کہ میرا جسم پھٹ جائے گا۔ اگر میں ۔۔۔" میں اس کا مطلب سمجھ گیا۔ وہ واقعی روحانی کرب میں مبتلا تھا۔ میں نے اس کے کندھے پر ہاتھ رکھتے ہوئے کہا، "سوبھ تم ذہین آدمی ہو کر بھی ابھی تک روایتی اخلاق کے غلام ہو۔ عشق میں سب کچھ جائز ہے۔"

وہ تھوڑا مسکرایا، "آپ صحیح کہتے ہیں۔ لیکن اس جائز کی ذمہ داری لینے کی مجھ میں ہمت نہیں۔"

"تم بزدل ہو۔"

"ہاں، ورنہ ابھی تک زندہ کیسے رہتا۔"

"اور پھر بھی تم پیار کرتے ہو۔"

"ہاں۔"

میں خاموش ہوگیا۔

"ڈیئر جو کچھ تم کہتے ہو، سب ٹھیک ہے۔ میرا ذہن اسے قبول کرتا ہے۔"

"تو پھر؟"

"میں ایک بیکار آدمی ہوں، پیار، جذبہ حسن اس چٹان سے ٹکرا کر پاش پاش ہو جاتے ہیں۔ عشق میں آدمی جوئے شیر لا سکتا ہے۔ بے کاری میں عشق نہیں کر سکتا۔ اسی باعث ہزار نہ چاہنے پر بھی ہم اس اخلاق کے غلام ہو جاتے ہیں، جسے تم روایتی اخلاق کہتے ہو۔ اگر چہ ہم اس نئے اخلاق پر عمل کریں تو سوائے خودکشی کے کوئی راستہ نہیں۔ جسم میں سانس کی آمد و رفت قائم رکھنا ضروری ہے جو پیسے کے بغیر ممکن نہیں اور جس کے بغیر پیار آہ سرد ہے۔ نفس کو آنچ نہیں۔"

"تم بڑے حقیقت پرست ہو۔ اور ذہین بھی۔"

وہ زہریلی ہنسی ہنسا، "اگر دل کے بجائے پاؤں خراب ہو جائے تو آدمی حقیقت پرست ہو جاتا ہے۔"

اس کے لہجے میں طنز تھا۔

"تم مجھے کبھی مہذب سمجھتے ہو اور کبھی وحشی۔ اگر میں نے اپنی شخصیت کو منقسم نہ کر لیا ہوتا تو شیل میری وحشت کا شکار ہو جاتی یا میں اپنا جسم پھونک لیتا۔ بتاؤ کیا عشق میں جسم کی تسکین شامل نہیں۔ اور اگر آدمی بیکار ہو تو وہ وحشی نہیں ہو جائے گا یا اسے بھی وحشی نہیں ہو جانا چاہیے۔"

اس کا لہجہ رقت آمیز تھا۔ وہ وہی باتیں کر رہا تھا جو میں کہنا چاہتا تھا۔ فرق محض اتنا ہے کہ میں نے یہ باتیں عقل کی سطح پر کتابوں سے پڑھ کر سیکھی ہیں اور اس نے اپنی روح اور جسم پر اذیتیں سہہ کر انہیں اخذ کیا ہے۔

"میری ایک خواہش ہے۔" کافی دیر خاموش رہنے کے بعد وہ بولا، "شیل کی انگلیاں بڑی خوبصورت ہیں۔ کاش میں اس کے لیے سونے کی انگوٹھی خرید سکتا۔"

اس نے نظریں جھکالیں، ہم کافی دیر تک اکٹھے چلتے رہے۔ رج روڈ پر وہ مجھ سے علیحدہ ہونے لگا۔

"اب کہاں جاؤ گے؟" میں نے کہا۔

"اسٹوڈیو میں۔"

"تم آرٹسٹ ہو؟" اس نے کوئی جواب نہیں دیا۔

"تمہارا اسٹوڈیو کہاں ہے؟"

"جس عورت کو میرے ساتھ دیکھا تھا، اس کے گھر میں، اور اس کا گھر۔۔۔"

وہ ہنس دیا۔ ظاہر ہے وہ عورت فاحشہ تھی، رج روڈ کے چوراہے پر وہ مجھ سے الگ ہو گیا۔

ایک روز میں اس کے گھر گیا۔ اس کے کمرے میں رنگ اور برش بکھرے پڑے تھے۔ وہ بالکل برہنہ بیٹھا کوئی تصویر بنا رہا تھا۔ میں کافی دیر اس کے پاس بیٹھا رہا لیکن وہ اپنے کام میں مصروف رہا۔ اسے کچھ ہوش نہیں تھا۔

"یہ تم ننگے کیوں بیٹھے ہو؟" میں نے سوال کیا۔

"ننگا انسان خدا کے بہت قریب ہو جاتا ہے۔" اس نے بغیر میری طرف دیکھے جواب دیا۔

"کیا تمہیں خدا میں یقین نہیں ہے؟"

"نہیں۔"

"جب میں تصویر بناتا ہوں تو خیال آتا ہے کہ شاید خدا ہے۔ ویسے جب میں برہنہ

جسم کی تصویر بناتا ہوں تو کپڑے پہن لیتا ہوں۔" وہ چھوٹی چھوٹی شرارتیں کرنے کا عادی تھا۔

"بہت دنوں سے نظر نہیں آئے۔" میں نے پوچھا۔

"تصویر بنا رہا ہوں۔ دل اور جسم کی کشمکش میں روح کے کرب کو چہرے پر نمایاں کرنا چاہتا ہوں۔ کیسے ہوگا۔ کچھ سمجھ میں نہیں آتا۔"

"میں نے ابھی تک زندگی کو تصویر میں دیکھا ہے۔ اب تصویر کو زندگی میں دیکھنا چاہتا ہوں۔"

کافی دن بیت گئے ہیں۔ میں اپنے کاموں میں مصروف رہا اور سوبھ سے ملاقات نہ ہو سکی۔ ایک روز آرٹ گیلری میں ایک تاریک کونے میں اس کی بنائی ہوئی تصویر دیکھ رہا تھا کہ اچانک اس کا خیال آ گیا۔ بڑی مدت ہوگئی اس سے ملے ہوئے۔ تصویر میں روشنی اور سائے کے سنگم پر ایک زخمی عورت کا برہنہ جسم تھا۔

میں سوبھ کے گھر گیا۔ رنگ، برش اور نا تمام تصویروں کے سوا وہاں کچھ نہ تھا۔ دیواروں پر جسم کے مختلف اعضا کی الگ الگ تصویریں تھیں اور ان کو اپنے تصور میں یکجا کرنے سے مکمل جسم کی تصویر بنتی تھی۔ ایسا معلوم ہوتا تھا کہ اس نے عالم جذب میں تصویر بنائی تھیں۔

میں نے اس فاحشہ سے پوچھا، "سوبھ کہاں ہے؟"

"کون سوبھ؟ وہ آرٹسٹ؟ اس کی بات کرتے ہو۔ وہ تو پاگل تھا سنکی۔"

میں مایوس لوٹ آیا۔ میں اس مقام پر گیا جہاں پہلی بار چاندنی رات میں، میں نے اسے دیکھا تھا۔ میں اس ریستوران میں بھی گیا جہاں وہ شراب کے نشے میں چور تھا۔ اس سڑک پر بھی گھوما جہاں ہم نے سرگوشیاں کی تھیں، لیکن وہ نہ ملا۔

جب میں کسی نوجوان کی خودکشی کی خبر پڑھتا ہوں تو کانپ جاتا ہوں اور مجھے سوبھ کا فقرہ یاد آجاتا ہے۔ میں نے جب اسے کہا تھا تم بزدل ہو، تو اس نے جواب دیا تھا، ہاں! ورنہ میں ابھی تک زندہ کیسے رہتا۔ شاید۔ اور اس کے آگے میں کچھ نہ سوچ سکا۔

ہر رات کو ساڑھے گیارہ بجے میں اس مقام سے گزرتا ہوں۔ سامنے مکان کا در کھلتا ہے۔ دو آنکھیں باہر جھانکتی ہیں۔ میں ایک لمحے کے لیے رکتا ہوں اور پھر تیزی سے آگے بڑھ جاتا ہوں۔

مجھے خدا میں یقین نہیں۔

لیکن میں نے بجلی کے کھمبے تلے، دیوار کے سائے تلے، دیوار یا درخت کی چھایا میں ایسا نور دیکھا ہے جو خدا کے سوا اور کوئی نمو نہیں کر سکتا۔

***

منتخب یادگار افسانوں کا ایک مجموعہ

ایک ایکسٹرا لڑکی

مصنف : کرشن چندر

بین الاقوامی ایڈیشن جلد منظر عام پر آ رہا ہے